# 山巅

李芳 著

江苏凤凰美术出版社

**图书在版编目(CIP)数据**

山巅 / 李芳著. —— 南京 ：江苏凤凰美术出版社，2018.5

（全民阅读经典读本）

ISBN 978－7－5580－4424－3

Ⅰ. ①山… Ⅱ. ①李… Ⅲ. ①诗集－中国－当代 Ⅳ. ①I227

中国版本图书馆 CIP 数据核字(2018)第 086965 号

**责任编辑** 曹昌虹
**封面设计** 西　子
**责任监印** 唐　虎

| | |
|---|---|
| **书　　名** | 山巅 |
| **著　　者** | 李芳 |
| **出版发行** | 江苏凤凰美术出版社(南京市中央路 165 号，邮编：210009)<br>北京瑞知堂文化传播有限公司 |
| **出版社网址** | http://www.jsmscbs.com.cn |
| **印　　刷** | 献县华强印刷厂 |
| **开　　本** | 710mm×1000mm　1/16 |
| **印　　张** | 19 |
| **版　　次** | 2019 年 1 月第 1 版　2019 年 1 月第 1 次印刷 |
| **标准书号** | ISBN 978－7－5580－4424－3 |
| **定　　价** | 47.50元 |

**营销电话** 010－64215835－801

# 一路走来，阵阵山歌（自序）



继处女作诗集《弱水千尺》（2016 年，现代出版社）之后，我的第二部诗集《山巅》今年也即将与大家见面。

我自小喜欢文学，喜欢诗歌，由于某些原因，搁笔 20 年，而今拾起旧爱，像捡起搁置已久的战枪，像在沙漠里遇到的山泉，像压抑久远喷薄而出的岩浆。今夜，灵魂摆渡，明亮的灯光作衬，眼前绿荫开道，两岸鲜花烂漫，鸡叫虫鸣都消失在遥远的山那边去了，于是有了这本《山巅》的自序。

什么是诗歌？怎么理解诗歌？我认为要站在一个高度——最起码从灵魂的高度去理解，并且也这么去理解诗人。不要认为诗人深不可测，也不要认为写诗的人言不由衷，疯疯颠颠。试想，没有疯魔，哪能写好诗歌，写诗是心灵的独白，是在山头独自唱歌，是去深海里捞月亮，是自娱自乐，是跳入火海，把自己的灵魂炙烤得通体透明。这么说来，从某种意义上理解诗人，有时候也是痛苦的。但是当诗歌咏唱之后，经过洗礼的灵魂又是快乐的，犹如在火焰和大海之间，不用诗歌呼吸，自己就会窒息、湮灭，这就体现着“痛并快乐着”的含义。写诗使自己的灵魂得以升华，让忧郁的心情暂时得到解脱。于是，便有了我的口头禅：写诗是为了快乐，我如果不快乐，就不会写诗。一个满目怀着希望的独行者，在半夜，在黎明的曙光照亮第一个窗棂的时候，在无尽的未来，在宇宙与星空之间，敬地、畏天、正心、修德、养性，写心灵之歌，岂不快哉美哉！

可以说，我的诗歌是纯净的，不掺杂任何杂质，基本上一气呵成，没有几首超过半小时的，有时灵感突来，几分钟挥就。别人怎么说我，我不会辩解，一切随自己的心性即可。我很欣赏某位知名作家的文字：任何人不拥有这片风景，在地平线上有一种财产无人可以拥有，除非此人的眼睛可以使所有这些部分整合成一题，这个人就叫诗人。

我不敢妄自称自己为诗人，仅仅是倾慕美的诗性的东西，喜欢用文字表达而已。诗之于生活，如出一辙。有了喜欢，便热爱生活，就会用清亮的眼睛去看世界，即使世上有污泥浊水，暂时羁绊心灵，也会用诗歌去排解，去涤荡这些副性的东西。有时晴空万里，心灵的雨也会淅沥沥下个不停；有时繁星点点，空渺的天空中似乎抓不住任何爱情的抛物线，有时莫名其妙地想哭，又流不出眼泪，似乎世界不是自己的……好在我有诗歌和梦，有家庭的温馨，有善于理解的夫君，有一双可爱乖巧的儿女相陪，还有三三两两的文友推杯换盏。试想：阴雨绵绵，撑一把素花油纸伞，迈着细碎步伐，走在湿漉漉的街道，不是浏览俗气的花衣，不去你争我夺的牌场，而是赶赴那些喜欢文字的文友的一场晚宴，真正应了物以类聚、人以群分之明训，或轻言慢语，或吟诗作对，那声音如玉珠落盘，声声敲得人心颤，那场景如紫烟缭绕，好似坠入仙境，哪还有烦恼之言！有时三五成群，躲在楼顶天蓬，看白云浮在碧蓝的天空悠悠游动，看西落的太阳红遍天际，小城的二桥三桥都沉浸在虚幻中去了。有时，看好友窗前木香花开得正白，白得耀眼，那香气沁人心脾。眼前，一杯“碧潭飘雪”沉沉浮浮，像极了沉沉浮浮的人生，不禁感怀咏叹。有时，一本书的人物讨论半天，各自的小心扉暂时敞开，临了还意犹未尽，期待明日的牵牛花更艳，映亮眼眸。在我循规蹈矩的工作外，有这些诗性的生活，有这些知性的朋友，人生似乎不再缺少什么。

记得有位名人说过，身体和灵魂，总有一个在路上。活了半辈子，我觉得我现在的诗歌是在路上的。灵魂嘛，始终不离我左右，我等都是俗人，不是仙人，要想取得成绩，就要不断努力。

多读书，多学习，充实自己，不敢懒惰，规定自己每天看多少书，走多少路锻炼身体，成了必修课。其实爱惜自己，就是爱惜家人、朋友；对自己负责，也就是对所爱的人负责。山上风景独好，征途未免有荆棘遍地，如果惧怕前边趺宕的山岩，生活就如死水一潭。要想真正走到心灵、人生的顶点，尚需矢志进取。

于是每日在自己精心打造的书房里，给自己心灵腾一空间，听不到外边嗓杂的世界、马达的轰鸣，甚至枫叶落地轻轻的美妙的声音，写自己所感所想所思所念所爱……把自己融入一个忘我境界。真正做到不乱于心，不困于情，不问将来，不念过往，如此安好！

《山巅》的促成，除感谢生活给我爱的源头，使灵感倏忽而现外，感谢道生子等各位老师对我的指导和教诲；感谢书画家山桑居士为本书精心插图；感谢几位知心文友：《美丽乡村》杂志社秀杰编辑、蒙郡洛水亚夫诗友、以优美散文著称的景雪女士、具有浓厚古诗词功底的时锋老师，他们在百忙中撰写诗评，让这本诗集陡增不少光彩。

在此，我还要特别感谢我的爱人申正先生对我的的宽容和默默奉献……写到这里，我已泪花点点，似太阳君临，照亮我上山的路；山歌忽远忽近，我自是一只倦怠的小鸟，在飞往山巅的林木枝头上稍加歇息，然后继续前行。

是为序。

李芳

于 2017 年 7 月 29 日凌晨于老子故里万象城

# 目　录



第一辑　石花 / 001

萤火 / 002
怒涛 / 003
蜻蜓点水 / 004
爱了就会老去 / 005
从此不必哭 / 006
容进一粒沙 / 008
花儿和心情 / 009
模糊 / 010
沉寂 / 011
不要旧时光 / 012
荷影 / 014
早晨，栀子花开 / 015
拥抱的岂止是力量 / 017
一场细雨 / 019
那一轮明月 / 021
香樟树 / 023

彩虹雨 / 025
放下 / 026
来自儿童节的祝福 / 028
寻找 / 029
前行 / 031
父亲 / 033
莲蓬 / 035
一阵风，一阵风 / 036
不依靠你的秋天 / 038
这个中秋 / 040
春 / 042
读懂你的眼睛 / 044
天空中那道河 / 045
打那时起 / 046
九天里那个来回 / 047
悬挂最亮的星 / 048
今夜无眠 / 049
不说想你 / 050
女人的忧虑 / 051
等待黎明 / 052
喜欢的 / 053
风与草原 / 055
谁相信爱情 / 057
六月荷花别样红 / 058
七夕不再是奢望 / 060
渔舟唱晚 / 062

## 第二辑　雾凇 / 065


落叶 / 066
秋 / 067
花香 / 068
梨花带雨 / 070
犟牛 / 072
搭建 / 074
笑 / 075
落花的样子 / 076
眼睛 / 078
湮灭 / 079
咆哮 / 080
河山 / 081
支撑 / 082
读《短歌行》/ 083
闻香下马 / 085
母亲 / 087
穿串 / 088
眼泪 / 089
大路 / 090
来世的风比今生温柔 / 091
最美时光 / 092
连风也笑弯了腰 / 094
玫红的芬芳 / 096
秋雨似绵长的思念 / 097
把人逼成一种精神 / 099
几度霜叶红 / 100

最后一片枫叶 / 102
夹在雪花深处 / 104
雪 / 105
霜冻 / 106
雁归来 / 107
凛冽的风 / 109
古寺的钟 / 110
所有经过的风都这样说 / 112
情殇 / 114
暗夜里的云 / 116
心湖里安放的灵魂 / 117
周末文友相聚 / 118
点亮寂寞的周末 / 119
感恩白云 / 120
飘雪 / 121
今年的第一场雪 / 123
怦然心动 / 125
雕塑 / 126
雪（组诗）/ 127
心与雪松比美 / 129

**第三辑　山岚** / 133

揌住 / 134
痛 / 135
常青树 / 137
入冬的暖阳 / 139
无题 / 140

警告 / 141
一场洁白 / 142
荡漾 / 143
等你 / 144
荡漾 / 146
啊，石塘竹海 / 147
我的辞旧迎新 / 149
秋花 / 152
夏 / 153
怒斥 / 154
怦然心动 / 155
腹有诗书的佳人 / 156
谁在杏花树下掩口浅笑 / 158
身上的毒 / 159
润柔的细雨 / 160
三月柳笛声 / 161
桃韵 / 163
春雪 / 165
大地为你披金 / 167
相聚 / 168
打你 / 169
我是怎样地欣喜啊 / 170
情感 / 171
为何这样伤我 / 173
花中挥手 / 175
展露头角 / 176
剪断 / 177
今夜我要写诗 / 178
100 天没想你 / 179

四月，我迎着漂泊的风 / 181
籍贯 / 182
突然 / 183
看透 / 185
抛却 / 186
一线天 / 187
摇曳的想念 / 188
孤独（组诗）/ 189

**第四辑　丹霞** / 193

潜能 / 194
惴惴 / 195
迷惑 / 196
俯瞰 / 197
春天的原野 / 198
静静 / 199
清明 / 200
我去哪儿了 / 201
静静地，寻找那一片草地 / 203
用什么表达心情 / 204
暮春，放飞一只鸽子 / 205
屈原 / 206
国殇 / 207
您该歇歇了 / 208
父亲去的地方 / 210
父亲的鞭子 / 212
母亲坐在黄昏的麦地里 / 213

拨开心海一朵浪花 / 214
汨罗江感怀 / 215
邂逅 / 217
一路走来，阵阵山歌 / 218
今天，总想说点什么 / 219
想触摸又缩手 / 220
黑暗里你站成风景 / 221
皂荚树 / 222
淡烟扑面 / 224
护士 / 225
突变 / 227
爱上你的组合和月色朦胧 / 228
映山红 / 229
医生和护士 / 230
絮 / 231
别以为 / 232
感恩 / 233
黄昏，我细眯着眼睛 / 235
你打马，从我面前走过 / 236
知道春天 / 237
我是一条鱼 / 238
全身而退 / 240
二月杏花 / 241
千百次喊你名字 / 242
木香花韵 / 243
独享 / 245
白牡丹 / 246
四月花开 / 247
最初 / 248

长大了 / 249
五月，打磨成一朵花 / 250
一棵花树 / 252
怀念天堂的父亲 / 254
敬畏之心 / 256
冬 / 258
骤雨 / 259
渴望平静的生活 / 260
诗林谱曲 / 262
从弱水到山巅，精神和诗意的双重跨越（史秀杰）/ 262
生命中，有夫君，有儿女，有诗和远方（于雪景）/ 265
李芳诗集《山巅》读后（温时锋）/ 267
你就是扶不住的春色（葛亚夫）/ 268

# 第一辑 石花

身处凛冽的风中
那些花儿
依旧卑微地活着
用大山的精血
绽放一个个春天

坚信是雄伟里走出的温柔
是远古沉淀的美丽
在山之巅
静静地守候
炫耀出七色的光芒

好吧
我从你的身边走过
让我继续走进你的来年

# 萤火

也许，是藏在瓦片里的泥土开口
也许，几只张狂的眼睛失魄
也许，这就是在此听到长夜里此起彼伏的鼾声
也许，忽明忽暗的灯火照亮了此生最难熬的夜晚
你就是
扶不住的春色

# 怒涛

比黄河清，比黄河长
于是，有了长江万里长之尊贵
我来到岸边
琐粹都抛至江水中去了
帆影点点，仿佛汽笛带我到遥远的国度
犹如一次心的救赎

西落的太阳
火烧云不舍似地围绕打转
江心大叔时隐时现的泳姿
像极了沉浮的过往
我的双脚伸进薄凉的水里
仿佛整夏的燥热转移，在今日
人生从此不再薄凉

一浪接着一浪的怒涛
打在身上，湿了裤脚
天上菩萨动容，几滴甘露抛下
湿了的是不是心情，此刻
泪花点点，似思潮掀起巨浪
我，不舍地站起身影
眺望眼前浩渺的烟波……
2017. 7. 11

# 蜻蜓点水

天空中漂浮的云最醉人
寻找蔚蓝，或那抹深蓝，
用洞彻的眼睛
不敢恭维及奢望

流星带路，摇曳长长的尾线
是摆脱窒息的唯一出路
早知道，馨香不如淡淡
偏要折身安抚
灵魂深处一片飘零

早知道，侃侃不如默默
偏要大声疾呼
失去的绝非独有
收获的也不是唯一

湖中景色宜人
鲜花灿然开放
一览众山小
轻轻瞭望就好
2016. 10. 10

# 爱了就会老去

不爱，对不起风花雪月
爱了捧不起欲碎的酒杯

柳絮飞走了
带走长长的思念
你飞来又飞去
我掐灭了焰火

像极了飞蛾扑火
像极了黄雀在后
你在篝火这边
隔岸观火

爱了就会老去
不会传达先前信息
南往的风，没有一丝暖意
等待的花期
已衰败得支离破碎

爱了就会老去
你真的也像凡夫俗子
2016. 10. 9

# 从此不必哭

你要是禽兽
我不必为你的残忍
赌上，风烛残年
花儿嘲笑，我不必哭

你是弄潮儿
自以为很洒脱
湿的是别人的心情
我看后，不必哭
只为你的人性打个折扣

你还是刽子手
屠杀别人
宰割的是自己的心灵

不要以为联军残忍
和你比
有过之无不及

认识一个人不比认识高天流云复杂
只需滴一滴血
看它会不会变色
仰天长啸

无论如何，我不会哭
更不会对你迎着笑脸
2016. 10. 7

# 容进一粒沙

如果，我的眼睛能容进一粒沙
那么，你的心胸能容进大海

所以，我们是相同的
包括血液、手指、及黄皮肤
以及我们纵身跃进大海的姿势
唯一不同，是我在黑暗这边咬着手指
你在黑暗那端微微冷笑，我的荒
铸就了你的惊、你的忧、你的无限怜

你，凭空而跃
我抛下一个虚假的笑脸
你终以优美的弧线
将空气抓进手中
那里面的空不是空
那里面的假最终变成真

那么，剔透的果实难以下口
我的眼睛似乎被你迷进了沙
又似乎没有，那疼不是真正的疼
感悟真切，世上从此没有打假
一股馨香，从心底溢出

# 花儿和心情

这朵花开得比较娇艳
万物滋润，水珠，阳光
常常眷顾

花的芬芳弥漫四周
一路走来，大地唱歌
我们沐浴禾苗清香
鸟儿展翅，大雁北往

放飞的心情
随白云插上翅膀
田野里一片金黄

枫叶红了，滴滴柔情
紫色的薰衣草缀满希望
一朵花映照
南来北往的客
形色匆匆忙忙

我们仍走在苍茫的路上
尽管，我们的心不再苍茫
2016. 10. 6

# 模糊

人的一生中
有许多思考
谁是谁的老师
谁又是谁的学生

鲜花一路绽放
河流不能阻止奔放的源头
我被留驻在知识海洋的彼岸
是你将胜利的帆船规划
规划得永无归期

蜂蜜沾着糖浆
永远喂不大孩子
狂风骤雨，赤脚前行
橡胶树下走来一批批
壮志未酬，充满渴求知识的学子

我数着那一排排人群
一行行学子
突然不能认识自己
2016. 10. 6

# 沉寂

打闹是有根由的
或娇啧或嬉笑或怒骂
每一个进入里程碑的生命
或许被沉寂包裹

只能说，你没有
进入其生活之命脉
你实实地被圈到圈外

你或许觉得很好
连鲜花也不屑光顾
或许觉得更好
你永远是一个垂钓者

只是上岸后彼此
交换一个眼神而已

生命错落如河
待到入墓前
你可曾后悔
今生没有打闹过
2016. 10. 6

# 不要旧时光

旧的脚印或许踩出一圈圈
令人炫目的光彩
它也曾被阴霾遮盖
因此有了感伤的喟叹

上天也许为此悲切
一段时光剪影
悲伤和彷徨、感伤和醒悟
被过滤得透明

野草也自言自语
雷公藤下不能自私包办
普撒人间

怅然若失
旧的毕竟是旧的
抛却在墙角，无人问津
假如清新剂无从光顾
不如把他们请出室外

让太阳晒晒吧
让鲜花渲染
让小溪潺潺

让大地熏染
尽管，喃喃自语
不能自抑

旧的时光惹起酒杯摇晃
蝉鸣，树影婆娑
为谁伤怀，为谁抛洒泪滴
抛不却，旧日时光昔日剪影

不如，把今日一切
打磨得一片灿烂
候鸟归来
此归于红尘
洒落于净土

人生意义不在于心情
而在于生命的选择
旧的时光打磨成繁星
就这样星罗棋布
即使黑暗时刻到来
仍行走在光明的路上
不需要你一一点缀
2016. 9. 19

# 荷影

踏一抹清晖，着一袭白衣
从天上来
是不是想邀万方神灵
从仙池飘逸，向一帘幽梦进发

不看你的慧眼，点点神韵
有鱼出水，雨点滋润了那张脸，打湿了心扉
清影辉辉，青白的月牙笑弯了腰肢
一只蜻蜓在绿波里舞蹈
宫女银灯探路，一滴水的波纹荡漾
唯一着红装的女子羞红了脸颊

绿波阵阵，张口呼吸
所有的，如蟋蟀、田野、流浪汉……
好似掉进温柔之乡
给舞文弄墨者灵犀
于是乎，涂抹炭青者有之
弹词说韵均为荷海
可以一脚踏进瑶池，开了无心的缄口
是不是，再来一次飞升的女娲补天

我在此呐喊
心的韵律凝聚成
荷影之清韵

# 早晨，栀子花开

我们这个地方
没有桔子树
早晨，推开窗户
仿佛一阵阵，花香
栀子花香传来
忍不住，踏香寻味

一路上，人潮如流
上学的孩子，吆喝的商贩
我们，闻着花香
品尝文友早餐的热情
释放生命的热爱
怀着对家人、朋友的珍惜和祝福
似波涛汹涌，势不可挡

调整心态，放下身子
收缩以往不羁的个性
静观渔火，点点温情
到农村到广阔天地
看父母，看乡邻

那一筐筐土特产的收获
令人陶醉，心比蜜甜

往地上仍几个铜板吧
管它行骗不行骗

闲暇之余
品一口清茶
或看书或假寐
或高声唱歌，把音频调到最大量
或把自己重重摔在床上
完全随自己心性

尽管没有桔子花香
我相信馨香无时无刻
都开在心里，阵阵飘香
2016. 9. 18

## 拥抱的岂止是力量

环顾四周
有牛羊、苍松，群山环抱
有白云、牧羊女，欢歌萦绕
自以为见多识广
离你离《离骚》都很远
伸手想抓住，却用指尖划过

塔上的灯火，使其
忽暗忽明，如萤火虫
希望泯灭，升起，又泯灭
于是求救三千年前的神佛
她将熨烫过的五彩霞衣披在我身上
于是，葱香弥漫
谛听千万里马蹄轻践
高山上雪莲摇曳
山涧里泉水叮咚

睡梦中神佛轻抚额头
惯常的岂止是一份这样的力量
虽无风却心荡涟漪
虽无雪却让洁白为心穿上衣裳
你虽无声
却像摇旗呐喊

阵阵怒涛又把我抛到海上

虽无拥抱
却像无缝隙一样
拥抱的岂止是力量
2016. 9. 17

# 一场细雨

那一场雨，下在江南
却在北方潮湿了空气
就当是平复南来北往的客
浮躁的心灵

尽管他们麻木，而你却张大了嘴巴
左右张望
当初轰隆隆的雷声
没有吓跑纤弱身体，灵魂依旧
依然在那方等候

你却在彩虹这端观望
大雨倾盆，你依然觉得
这是个丰收年，好征兆
没有想到，润物细无声
细雨不能湿透土壤
禾苗却茁壮成长

她依旧春风满面
穿着旧时衣裳
还是当初模样

一束鲜花，伴一路花香

一丝细雨，淋湿了辫梢
那点雨，算得了什么
竟令你黯然神伤
2016. 9. 15

# 那一轮明月

海上升明月
心中升月亮
那一片洁白
那一片皎洁
那一片畅想

融在
月色里
清辉里
大地宽敞的怀抱里
让每一位，为之陶醉

披上五彩衣裳
不禁感悟这人生美好
每一天的这一刻
我要把花好月圆揽在世界里
把你揽在我心里，真是
道不完的美

此刻，世间的
每个人，每句话
你的每一个动作
皆令人回肠荡气

纵使上九天，揽星辰
也黯然失色于
清辉映照下的身影
如此这般的美妙
2016. 9. 15

# 香樟树

淡淡的幽香
沁入心脾
转身，一片空白

何来鲜花簇拥
只见四季长青
唯有细小的银白存留眼眸

认识你，犹如认识碧石
不言不语
只是，在多雨的季节
彰显坚韧的本性

烦躁的秋季，仍暗香浮动
让那浮躁的心稍稍安宁
哪怕一切已陷入绝境

你在黑暗那端常常拍案叫绝
我为何常常不沉入海底
喘口气，让别人也变得轻松

你看那鲜花盛开，紫藤缠绕
你仍默默、默默

哦，你天生是个沉默者

这树，这根，这花，这馨香
都可以咀嚼
连同苦涩、不安和祈祷
一起咽下吧
药书说疗治百病
2016. 9. 14

# 彩虹雨

你说天是红的
我只见墨似的颜色
涂抹心底

你说太阳从东方升起
我只见霞光映照如黛的傍晚
诗意如潮

小草发绿，繁花吐蕊
采一把莲子，它包裹谁的剔心
欲驾还迎，欲壑难填
只可惜了那秋鸣

你的一切，总是
总是
初心也好，虚拟也罢
收到无言的赞语及
伸进天边的那只手
如大旱泼洒甘露

哎呀呀，疼快淋漓
这一场及时的彩虹雨
2016. 9. 11

# 放下

你的身影
如我多年膜拜的形
总萦回在我的空间
从没离开过我的眼眸

我学着爬山
让巍峨的群山跳舞
让汗水浸染我宣发的毛孔
通体欢畅

只为忘了那一个小小的举动
或无心或刻意的尖薄

我学着涉水
让潺潺流水荡涤我满身污秽
让灵魂出窍
让心田的温度从 100 度
下降到零下一度

无论何种方式
你有能力将一切恩怨
化为乌有
尽管

你想紧紧拉住别人的手

于是，我学着放下
让人间听不到我嘶哑难鸣的发声
尽管你看到
无言的经书从我手中滑落
2016.9.10

# 来自儿童节的祝福

六一
收到一个祝福红包
像春芽般细语
喧腾我久违的心房

我把它折叠成彩色翅膀
放飞于梦想的天堂

六一
每一个举动
我都浓缩成春的种子
播种在心田里
不需要每天浇灌
总藉以体温茁壮成长

六一
不仅是孩子们
专属的节日
也是我们
成人的希望
2016. 9. 10

# 寻找

（初中同学、好友在读师范时莫名走失，而今仍走不出失联同学的阴影，遂成此诗）

二十几年前，你似风似箭
似大雁搏击长空，留下的哀怨
雷电长虹，接纳了你的委屈
为你悲泣

五月，白雪覆盖，杨柳飞絮
六月，飓风席卷，好似窦娥喊冤
你到底在哪里？

风，把亲人的梦送到海边
你却不见
喃喃细雨般的呼唤
瞬间，如雷贯耳般的呼喊
回音似潮，似浪，似巨斧
似乎要劈开，黑暗里的孤独

思念，如涨潮的海水
一波覆盖着另一波
弥漫一只即将网住的手
被不慎打翻的牙签盒

插过满地爪牙的地面
那双丢失的眼睛就在上面

我似乎感受到，你沉重的呼吸
那一撮阴冷的潮湿及几滴荡然无存的血丝
似风，似妖，似鬼，似魔，似灵魂
我始终找不到思念的门
……
2016. 9. 10

# 前行

可以漂泊
可以赤足前行
可以踩踏淋漓的血
但你千万不要踏踩那片沼泽地

因为陷进去
可以灭顶
从此不再呼吸
你说为了谁
为了你那难填的欲壑
为了虚伪的风度
为了不能自圆其说的借口种种

你张了张口
黑暗便弥漫所有的夜空
包括我灵魂的颤抖
我们来自不同的世界
潜质里
你是一个夜行双面人
穿着黑衣，继续向黑夜游离

我和你，隔着千山，横着万里
只是，前世回眸一笑

没有考察心湖的涨潮
我们同饮江水
却背道而驰
2016. 9. 10

# 父亲

这个父亲节
过得不算踏实
时时被梦魇惊醒
因为父亲的喘息
仿佛在耳边回响

父亲
会不会你又着了凉
有没人给你揉肩
喝醉了，谁给你端茶递水
你慈爱的目光又飘向哪方

墓碑将我们冷冷隔起
彼此之间传递不到
一切包括浩渺无边的声音

文字变成虔诚的追忆
你是不是在那方也变成尊神
冷看
不能回去的那个路口

让那思的潮水翻腾
翻腾，浸湿衣襟

一拨拨夸赞父亲的文章
却在今天
铺天盖地
2016. 9. 10

# 莲蓬

占尽风光，旖旎
小荷，有多少人为你吟唱

涌动后、呐喊后
一只只宝塔从高山来
从流水、从泥泞的河滩而来
那片碧绿的庄园是你的风水地
仿佛一夜间
睁开顾盼的双眼

掰开紧攥的手指
跳跃的果实
像洁白的牙齿
殷实了所有的日子

你退却红装
独爱抽丝剥茧
你依旧从容
含笑十里

# 一阵风，一阵风

一阵风，一阵风
刮过
阴霾存留心底
哪怕你的嚎叫
遮盖长空

一阵风，一阵风
刮过
不去看你眼里的惊魂
不去追索根的源头
只想，寻一处悬崖
凌空坠落
享受解脱的困惑

一阵风，一阵风刮过
清泪没有溢出
冷冷看，世上独我有
其他人，没有
那种比撕心裂肺，比疼彻心扉
还独有的感觉
独我所有
其他人都没有

一切高尚的成就
爱情的伟大
比不上你地狱似的飞翔

飞翔带有躯壳
驾驭的是
清空的一切
灵魂的洗白
2016. 9. 10

## 不依靠你的秋天

你伸长手臂
去捞水中遗落的枫叶
岂不知
满天嫣红
凄迷了你的双眼

弯路那个背影
被初秋斑斓晕眩了眼睛
只看见一只蚂蚁
在努力，努力地攀登
寻求另一个希望
我们会不会也不把
这秋天果实作为唯一食粮

冬天的银白能照亮
前行的路
结冰的雪花也会
使人心花怒放
春天的小草会发芽
踏青路上有了银铃般的笑

暴雨，淋湿了衣衫
不是水凉是个秋

痛快哭痛快笑
那也是一种力量
不依靠你的秋天
你看其活出个什么模样
2016. 9. 10

# 这个中秋

中秋
我将这个日子融进生命
因为每当月圆
我看见嫦娥飞舞、玉兔腾跃

心的浩荡，会使
我至诚的双眼
凝成水晶，映照
滴血的残阳

断臂的维纳斯
祈盼谁人的安抚
那朵掌心里的花
飞向铁树
揪了吾心
是不是也疼了你的少许神经

秋月朦胧，秋叶飘零
喃喃细语
是不是有了绝望与断肠
浩瀚的秋韵没有到来
少许寒风，也不能说凉就凉

我将寂寞的手臂再次伸向秋水
维纳斯的倒影，我不忍触碰
斑斓会使我的情无从依托
大雁哀鸣
似无望的呼唤，一直来自远方

谁会为了秋水荡漾心生涟漪
谁会为了秋的微凉为我披上衣裳
你总是走在匆忙的路上
白露是否，映照那朵玫瑰的孤独
寒风凛冽，谁还会想起花开的芬芳？
谁懂我语无伦次的诗行
2016.9.9

# 春

你踏着细碎的脚步
迅疾而来
在此
听不到松花江畔吱吱的木靴声
亦没有遗落的枫叶卷起的旋风
更没有聒燥的心灵

你顾盼生辉
蜻蜓飞上蓝天
水清得照见人影
时间的快车道上
挤满姹紫嫣红的身影

你似水墨画
铺满串了一夜风铃的摇椅
摇啊摇
谁在此失了魂魄
大声疾呼没有渺音

捏捏生疼的脸蛋
去赶时间的趟儿
四季的轮轮回回
每一季都有一个美丽的传说

我们要去听暴雨撞击礁石的声音
岂还敢在此耽搁太久？
2016. 9. 6

# 读懂你的眼睛

怎么也不相信
你今天的谎言
编得如此浑然天成

你不是一个伪君子
却扮演一个双面人
古怪的眼神，打湿
晨露，却面含真诚的微笑

怎能打击，来自天外的至诚
啊，天真的无缘人
你眼角的余光有沉沉的阴谋

只有
我读懂你的眼睛
因为
四周
有彩霞在飞扬
2016. 9. 4

# 天空中那道河

七夕已经走远
谁还在天空那道河
徘徊

是不是丈量了距离
迩来又铺垫鲜花
牛郎牵着牛，
走得那么缓慢

星系里没有夜晚
织女徒劳
私自开了闸门
任洪水泻流

只是那道河
不窄
还是那么宽
2016. 9. 4

# 打那时起

不用赶鸭子
它也不会上树
即使上树
它也不会顺当地下来

每当领会一个感悟
就比照蹒跚学步
即使跌倒
也不会一头钻入湖畔里
不见踪影

打那时起
晴空响起一个炸雷
那是惊醒夜空一梦
2016. 9. 4

# 九天里那个来回

没有谁说
上九重天有多难
就知道，灵魂或许飞翔过

蝉的声音渐渐减弱
似禅经，声音如此美妙
遮盖秋的焦躁

一只蝉蜕变重生
九重天里往返几个来回
我怀疑
这不是我最初遇到的那只蟾蜍

九重天里的呼唤
不知惊动谁的萌动
你来得那么匆忙
2016. 9. 4

# 悬挂最亮的星

希望的心里
缀满了奢望
哪一颗星会让我
怦然心动

流星划过
照亮
牛郎织女星
移了方位
仍然不能跨过
银河那道天堑

最最守望的是那颗
不起眼的小星
不嘲笑，不显摆
巍然不动

千年百年
仍悬挂在那里
向我眨着眼睛
2016. 9. 1

# 今夜无眠

今夜寂静
今夜的钟敲了无声
今夜月光躲进了玄空
今夜穿越孤独去拥抱你
今夜让我迷失在黑暗里

看见一道流星划过无人的夜空
看见陨落的石头找到了漩涡
看见彩虹从夜空悬挂
看见弥漫张狂的眼睛
看见星点希望亮了又亮

心的窒息找到了家
花的灵魂不再流浪
你的微笑，就像
洒下满路阳光

亲爱的，你不会走远
失眠的眼睛看到了曙光
2016. 9. 1

# 不说想你

我不说想你
会用恣意的笔端凝聚你的英眉
使你在我心中
浓妆重彩

我不说想你
失去你的日子
我会怅然扬手折断这棵葱郁的树枝
尽管有多少不情愿

我不说想你
我知道孰轻孰重
该转身我只会给你留下背影
尽管酸疼的泪水
如同泉涌

我不说想你
我不想羁绊你的心灵
只想连同身体一同吞噬

# 女人的忧虑

那个女人
张着血盆大口
连骨渣都不留
可惜你一点毫不觉察

也可能你任凭
彩虹雨
淋遍全身
可是我紧张
毛孔伸进幽怨林
瑟瑟发抖

哎呀呀
这么多妹妹
你会不会眼花缭乱
你千万不要
被那女人毒汁浸染了全身

不是吗，你晕倒了
黑云却遮盖了
我的上空
2016. 9. 4

# 等待黎明

今夜，数着星星
直到最后一刻，未眠的流星
拖着尾巴，叫醒了黎明

你曾用蒲扇似的大手
拂去我脸上的浮尘
我曾用细小的眼睛扫荡你的不羁

就连泪滴也嘲笑无知
要么怎能汇成河流
就连鸟儿也去了又回
候鸟反季
怎么燕子归来，你装作无声

就算天空换成金色或者青黛色
你依然消失如同冬眠的蛇
还要准备来年的冬天，演绎农夫和蛇？

于是，我等待黎明
期待日月同辉
我雕琢一个完美的形象，在黎明
2016. 8. 20

# 喜欢的

喜欢的
一茶，一书，一电脑
闲了喝茶
贫乏看书
反复追忆的事情
用文字装载

我喜欢的
一束紫花
它长在悬崖
开在枝头
最后静静端坐在我的书橱

我喜欢的
对人的感觉
不是枣泡进蜜里
或腾空在云彩里
是你的形象，虽渺小
却能驾驭我的心灵

我喜欢的
是思想的高尚
灵魂的超度

如比翼双飞的廊桥上
竖起两面永远不倒的彩旗

一只紫燕从空中莫名坠落
打碎了我的臆想及梦境
2016. 8. 17

# 风与草原

风，吹散了大地的暴热
迎来了秋的成熟
你站在路边
扬了扬手
夕阳染红了边际

风将三万里荷花吹艳
风将咆哮的海水退潮
风将高高的国旗飘扬
风将心中的意念畅想
大地一片金黄

草原空旷，风声鹤唳
草尖上空，沙沙来风
渺远的莽原之地有急促的马蹄声
偶尔传来一两声野兽恐怖的吼叫

我在这里种下一种花
不怕风吹雨打
野兽侵袭，巍然不动
它期待心灵之水的浇灌
开遍草原之地
让人们留恋忘返

心灵的小小捕手
抓住草原之泥土
久久不愿松手
那是最后的稻草
2016. 8. 14

# 谁相信爱情

如果爱情的无助，会带来痛苦
不如不相信爱情，让寂寞占据整个心田

瑟瑟发抖的爱情中
当火热的唇触到麻木的灵魂
宁愿不再燃烧
去风雨中寂寞地等

落日余晖的屏
长出两只锐利的眼睛
在透视丛林两只黄鹂叫骂的心理
倾听夏蝉的激昂

看风画下的涟漪，穿上莲衣
在湖中摇曳
愿望如水，在水波里荡漾
闭上眼睛，送走一帘灿烂
睁开眼睛，又是一个晴天

相信自己，暂别爱情
不让别人的尘土
吹进自己的眼睛
2016. 8. 13

# 六月荷花别样红

六月，是一个令人惊叹的季节
那一抹浅红，一节节莲藕
都使人心荡涟漪，夜不能寐
是你在淤泥中露出了洁白的牙齿
是你把骨子里的傲气
把六月的一切
渲染得淋漓尽致

六月，大地肥厚
夏草根基扎实
你跃马扬长而去
或回眸一笑
使小草葱郁，荷花伸展腰肢
心语长出翅膀，令我文字激荡

我深爱六月
深爱荷花
电视墙是碧绿的荷叶开放
那一点红点缀在摇曳的风中

烛光晚餐，熏染
多少信男善女
对你的朝拜，令多少

文人墨客，多少精彩妙文
泼洒对你虔诚的祝福

不论行走多少岁月
心的哑语激扬多少文墨
我只爱你，重陷深潭中的污泥
因它滋润了万物，促使其苏醒

红花迎风绽放，白藕似的胳膊
轻触我飘逸洒脱的灵魂
才任其自由飞翔

燕子燕子你到哪里去
你说到六月的荷花池中
衔一方泥土
筑自己的暖巢
燕子，那红灯笼高高挂起的樊篱
是你的家园
我们向往的佳苑
2016. 8. 8

# 七夕不再是奢望

每年的七夕
总是盼望你
带着岩火，或翅膀
轻盈飞过那座小桥
燃烧我的希望

无望的空白的眼睛
送走无数严冬
踩碎多少梦想
它的奢望变成多少涟漪
吹皱多少池水
让心灵不再浮起沉淀希望

七夕的那一场雨
会淋湿人们如潮的心灵
让那心灵涌动
随时令
将如此空乏的身体拖上天空

接受上天洗礼
沉沉浮浮，迷迷茫茫
忽然的那一年那一天
鸿雁传来信息

你同样在这一年这一天
握住手中笔
朝向我的方向
深深凝望

将七夕絮语写成无声
让心灵飘飞的细雨
润湿天空
于是我认定
今年的七夕
将不会变成奢望
2016. 8. 8

# 渔舟唱晚

谢幕的夕阳
吞没世界的葱茏，两岸青山
依旧美丽，这些落霞的余晖
一次次涂写大地的倩影

西河柳甩起长长的鞭子
啪啪作响
与渔船美貌的渔姑对唱
交汇一曲让人心荡的乐章

小草在路旁无章地点头
鲜花在眼前卖命地绽放
不远处
悠闲垂钓的老翁
将逸致浓缩在眼睛的上方

一只只鱼儿
在画家的画板里鲜活
跨过船舷
几名渔夫赤脚在河滩
悠闲地，走进一首经典的
渔舟唱晚
2016. 7. 28

偏遇是不知名的尋[illegible][illegible]名造化

那還一樣怎麽藏着的妩媚竟瞞了冬日的雙眼

澤泥芳綠詩之[illegible]丁酉 山葉居士寫之[illegible]一

# 第二辑　雾凇

偶遇是不期而至的
来路总有造化
那是一种怎样彻骨的妩媚
亮瞎了冬日的双眼

空灵的思想携带的总是空灵
收入眼底的
是一阵阵风起云涌

真实的哦
夜可以看雾
晨可以看挂
待到近午看落花

## 落叶

繁华已尽
是否还用幽深的眼神探寻游离的概念
尽管，不舍世间风情
然而，红泥督促你去赶赴另一场盛宴
甚至在酝酿永恒

那个优美的转身
曾炫目而凌乱了谁的方寸
抵达中的底线
在醉意里再将一枚红叶高高挂起

算盘如此精打
起伏线高低不一
于你的脚下谁甘愿臣服

你蛰伏泥土
是否等待下一轮花开的声音
离明年尚有多远

# 秋

付出的辛劳
得到回报
遗落的火种
染红了山际
沉积的心
击退了黑暗
黎明在向我们频频招手
不需要拾级而上
滚落的丰硕
风靡了眼眸

# 花香

清晨，一阵鸟儿的鸣叫
我从睡梦中惊醒
大地苏醒，窗外阳光灿烂
我惦记着刚买的花
顾不得洗漱
匆匆向阳台观望

突然，心神聚凝
一阵花香沁人心脾
白的花争相开放
一些花骨朵跃跃欲试
正待挣脱牢笼
展翅飞翔

我不禁遐想
假如没有我的辛勤劳作
灌溉、剪枝、松土
何来今日鸟语花香

顿悟人生禅语
无论何物，包括心灵
都需要清水般浇灌
岁月浪沙之淘洗

看哪一朵鼎盛之花，才能
脱颖而出
花香扑鼻
2016. 7. 12

# 梨花带雨

梨花树下
你娇嗔地抬起头
一阵风起
花落无声
惊诧了娇艳
雨丝纷纷飘落

你的心去了哪里
空灵的回音没有答案
只留一抹倩影
在梨花树下
任凭风吹雨打

黄花瘦，烟雨呢喃
细雨般的问候
你是否听得见

一树梨花，无风
却纷纷凋落
你无泪，却顿足捶胸

独尝咸鱼般的味道
独醒、独醉人生羊肠小道

独赏梨花雨洒在心境

一树梨花
无雨，无觞
却纷纷落下
2016. 7. 10

# 犟牛

而今
看你脸色昏暗
九头牛
也拉不回我的遗憾

过往
没注意
岸上的风凛冽
还总是以为
你喜欢潇洒
就像我喜欢安静一样

只是我们太过安静
没有争吵
没有波澜
你心底的流沙啊
我没有触摸
以致酿成暗流

今天波涛汹涌
浪头再高
却不是赞歌
它成了我们人生

一大败笔
只有用苍白涂抹
人生白墙

而今用九头牛
也拉不回，不可弥补
2016. 7. 5

# 搭建

云端很远
想搭建天梯
到那里感受风儿抚摸脸颊
天高皇帝远
享受闲云野鹤的飘逸

海底很深
想搭建滑道
到那里感受五彩珊瑚的美丽
以及水晶般
清澈得一尘而不染

你很深沉
想链接感情
到你那里探寻心灵深处的秘笈
秒杀所有乌烟瘴气
包括你呼出的二氧化碳

云梯很短
海底很深
可叹你那身影无常的飘飞
抓也抓不住
何谈搭建
2016. 7. 2

# 笑

世界上有多种笑
大笑、惨笑、冷笑
乃至五花八门的笑

有一种笑
不能算笑里藏刀
有扭曲灵魂的狰狞
因为你的的嘴角扬起
都是嘲讽的风
那是心底溢出的苍白

因为你确实
釜底抽薪
看
你的眼睛射出杀伤的威力
被你的笑所淹没
一如掩盖所有的真诚

一见你的笑
就失去了自我

# 落花的样子

有一阵子
我爱从有花的树下走过
仰头
看落英缤纷的样子
或者看璀璨夺目的皇冠覆盖草土
或者看纤细的腰肢在风中跳舞
特别爱看摇曳的春风
拽回大地的葱绿

或听轻轻走过树叶的沙沙声
走回云淡风轻，风轻云淡
不止一次走过，走过花开的盛期及衰败
像九月的玫瑰给滴血的残阳敬礼
亲眼看到悲悲切切地落下
像黛玉葬花那样的悲戚
而又“曲线救国”

因为曾有一少年
在落花下临摹云霞，就像
纤手挥扬，带走一片夕阳
只有把阴霾存留心底
把花的种子撒落大地
来年的春天，又是一场又一场

花的盛宴，哭笑着走
又哭笑着来，轮轮回回

所以，我们
尽管有时错过这花期盛开的浪漫时节
所幸还有落日的余霞
看到少年洋溢的笑脸
看到残飞的红叶依然那么迷人
旋转的舞曲那么使人振奋

让我们唱起来、跳起来
就能看到落花的样子
起码不会像流水那样无情
至少会对我们回眸一笑
2016. 10. 13

# 眼睛

风里有你
浪里有你
千万里冰雪让你插上翅膀
给你的眼睛起个名字
叫睿智
2016. 10. 16

# 湮灭

我湮灭了所有欲火
包括盈盈一握的身体
还有喘息、雷鸣，息不灭的火焰

唯一不可磨灭的是印记
印章一样
刻在心里
2016. 10. 6

## 咆哮

河水咆哮着
和瀑布比美
比不上啊，母亲的乳汁
源源不断地流入婴儿的口中
2016. 10. 16

# 河山

河山，我爱你
我触摸你的牙床
就像从东海触摸到西海的边缘
没有一样东西我不珍惜
2016. 10. 16

# 支撑

我的一切是
你的骨架支撑
你倒塌了
只空留黯然

一切皆是虚无
谁愿柔若无骨

# 读《短歌行》

走在书海的苍茫之城
不禁灵光一闪，眼睛一亮
《短歌行》的街道，隐约
听到铁马踏雪寻梅
闻到奇香异草
在女儿国上空飘香

像万马奔腾在草原上
似柔弱少女嘤嘤悲鸣
不知不觉，黑暗笼罩整个夜空

啊，《诗经》的声音，又似那袅袅炊烟
唤回回家的路
屏住呼吸，一动不动
诗里的琴弦折断
又似暴涨的河水一泻千里

诗里的人物摄人心魄
与瀑布和山峰比美
牛羊和少女赛跑
让人惊诧回眸

折一个小小心愿

书中的高山、沙漠及埃及的沙草画
乃至穿着鲜艳衣裳的小脚女人
款款向我们走来
2016. 10. 16

# 闻香下马

哥哥，就是因为你
设置了 100 个帐篷
你经过的每个路口
都有黄昏打招呼
可是夜的萧瑟怎能拉回你的一次回眸

哥哥，就是因为你
又用 1000 只鸡熬了心灵鸡汤
煨干了瓦罐，那一股股青烟
熏干了你远在千里的愁思
碾转反侧，是你特有的表达方式吗

哥哥，还是因为你
招手叫来一只走散的山鸟
希望给你捎去最后的呼唤
青山依旧，白露为霜
雪的巅峰为你挂上红衫

不为飘零，不为等待
只为祈盼，流水是她的眼泪
河道为她开了一条长长的天路
南来北往的风吹散了你的帐篷

是不是，你磨墨挥笔，
写下成串的诗行，然后跃马扬鞭
你是否
闻香下马，诉完衷肠
再把那鸿鹄之志立下
2017. 10. 15

# 母亲

无论走多远
都能听见母亲的声音

无论相隔多久
还能闻到母亲的奶香

是因为亲人们的筋脉连在一起
每每都牵扯的心痛吗？

# 穿串

一匹红绫
怎样飞舞
才能变成如龙飞凤舞的蛇

一杆长枪
怎样挑战
才能把眼下变成家乡的模样
2016. 10. 14

# 眼泪

告诉我
怎样把眼泪
变成水滴
才能汇流成河？
2016. 10. 10

# 大路

每天估算着
哪一条大路离家乡最近
丈量千遍
却总是如海洋浩瀚

只有一条捷径
那就是心与心的距离
不信，你听听
离得再远
都像擂起的战鼓和敦促的马达
2016. 10. 14

# 来世的风比今生温柔

倘若有来世
一定在有风的路口等你
因为，就连风，也是这般温柔

如今的世界太噪杂
就连图书馆也熙熙攘攘
想捂住耳朵，风仍嗖嗖刮过
更难过的，你仍在秋风里瑟瑟发抖

不为等待，只为秋风秋雨那落寞
你的衣袖仍飞扬
脸上仍带着不可捉摸的笑
可是，就连风也不忍，忽又
狂风大作

悄悄起身，半夜下起了大雨
是为了遮盖这秋雨绵绵，细雨飘飘吗？
挥动的温暖的风
难道不及你半个指头
花的窃窃私语不能打乱你思绪
你看那黄河之水从天上来
铺天盖地的洪水一泻千里
你怎么还在那风中保持缄默
2016. 10. 20

# 最美时光

人的最美时光
不一定是一个时间段
在最美的年龄遇见你
那是初见

从此把欣喜藏在心里
悄悄地欢喜
也把忧伤隐藏
若干年以后，想想
那也是一种沉淀的幸福

树苗长成了参天大树
树上的鸟儿唱着欢快的歌
也许，忧郁会时时洒过你的心境
使之挥之不去
这时遇见了你，这也是美丽如初见

让枝头绽发新芽
太阳烁烁发光
眼睛重新燃起燎原之火
熊熊燃烧，这一把希望的火啊
把未来的田野烧得肥沃

天地丰盈
所以，初见美好
适时相遇，更是美上加美
能把西天的晚霞照耀得更璀璨
蔚蓝的天空变得更加高远
挥动那青春的鞭子，更加潇洒自如

所以
要珍惜当下
抓住每一个美好的瞬间
把握人生的关键
即使花暂时无从开放

只要只要我们挥洒虔诚之鞭
让那世界之巅到处舞出爱情的花朵
2016. 10. 24

# 连风也笑弯了腰

一行文友相聚
在弯弯曲曲的小巷
绿意盈盈的小院，陈年老酒
伴着雏菊凝香，细雨呢喃的秋天

屋虽偏僻
仍难遮掩欢声笑语
似铁马，挥金戈，唱响大地
似箭，插上翅膀，飞上长空
欲与玉帝殿堂比高低
一改平常文友相聚时的拼酒常态
抛却那嬉笑，娇姿，或谩骂
每人表演一个独特的拿手节目
或朗咏，或畅想，或即兴作诗

只见景雪姐的琵琶行似玉珠声声落地
安源弟潇洒自如来世上一趟高亢有力
维鸿的爱的树上结满了花，最终只有一个果
使人臆想，充满遐想及久嚼意味深长
几个亳州文匠巨人的总结更使人沉思良久
孙主席的每周学习要总结，形势多样化
道生子让我们时时不忘记邓振铎的警言
段伟的长江万里长更加悠远

还有还有郭老大的摄像，浓缩了我们的友谊可贵

窗外雨淅沥沥地下着
风，也不是那么尖利
它温柔地抚摸每一个文人的肢体
使其通体舒畅，最终还来个九曲回肠
痛快淋漓，连同歌声走向终曲

今天，微风摇曳，大地欢唱
我们意犹未尽，意犹未尽
雨儿雨儿下个不停
就连风儿，风儿也笑弯了腰
2016. 10. 24

## 玫红的芬芳

阴天，飞扬着芦花
潮湿的心情
似灰暗的天空

拧一把干巴巴的毛巾
无水，泛着闷气
邓丽君的歌
这几天也没那么好听

是渺无音讯
还是空手而归
唯一，铮亮眼睛的
是邮寄的玫红颜色．

这个暖色调啊
似清亮的天空
它能扫光心中所有阴霾
2016. 10. 21

# 秋雨似绵长的思念

秋雨绵绵
无疑给思念者，找了一个
冠冕堂皇的借口

你看今年的雨似开了情感之门
那么绵长，似有情人暗夜里的
千呼百唤

雨雾茫茫
阻不断隔夜的思念
撑一把长篙，泅渡灵感
泪眼朦胧，似雾，似火，似湮灭

天撒开瓢泼的大网
任凭黑云笼罩四野
涟漪里摇曳的是不灭的焰火
雨丝又似绵长的思念

摇摇晃晃，又恨又爱
你看路上行人的伞千姿百态
冰凉的雨点，敲得
雨天的嚎啕，搁浅在无言

你还会为了阴霾的宣泄，
永远唱着同一首歌谣
不管何种方式
深爱雨，和雨的朦胧
已成了这个深秋独特的风景

于是铺展笔墨，摇曳伏笔
写流年、风雨和左右摇摆
写流莺、啼鸣和此起彼伏
写江南小女子的委婉、无奈
你冰凉的心是否感受
唯有雨滴穿透心海

不能预算你能否按期赴约
因为雨丝打湿的薄雾
遮住的岂止今年的秋雨绵绵
来年可能还有一场大雨澎湃
渡口已改成飞船
2016. 10. 27

# 把人逼成一种精神

我渴望，飞翔的姿态
我渴望，灵魂的超度
我渴望，精神的腾跃
大地用无形的魔爪
把热血逼成一种红色

你用灼热的嘴唇
把浮沉吹成洁白雪花
于是，有了
把千万里大地当杯
把星辰当酒
热情洋溢，豪放不羁

是你无云，把晴空变成一场暴风雨倾盆
无水，把干枯变成河流潺潺
无墨，把江河变成
一笺诗行，一章隽永

狠狠敲击
满身软肋的我
慢慢站起
是谁把我逼成这样一种精神
2016. 10. 29

# 几度霜叶红

一条铺满石子的路上
一个长长的身影
徘徊、徘徊，仰头看
霜叶在二月里红了

那五彩的天空
血红的天幕
照耀霜叶的深沉、凝重
飘飘洒洒，如天女散花

树下
那个久久等待的身影
凝望，拾落一地遗霜
等待落叶返青、流水唱歌
或那片挥之不去的嫣红的枫叶

小河欢腾
大地解冻
踏着一地的碎叶
去寻找远方那个梦
那个见了谁都合不上嘴的菩萨
今天打盹，发出无语的慈悲
轰的一声，天地崩裂

万物开花
到处是花的馨香
流水潺潺，盛不下心灵捕手的双手合一
就连最后一片霜叶也旋转跳舞
红了整个天际
仰头观望
一只孤雁凌空飞翔
我们看见了血红夕阳印染半个天空
2016. 11. 29

# 最后一片枫叶

秋的脚步声渐远
你听那冬的萧萧声
似远方的战鼓逼近

寥寂的心灵
指尖的风
掠过心的肃杀

遥望谁的山头
姹紫嫣红
已成昙花一现
海市蜃楼，已
奠基成冰山一角
不知远方的你
口中嚼着苦涩的青草
看落叶飘零
为了谁喃喃细语

总有一个人走过你的心
总有一件事使你记忆犹新
你那掌心里攥出汗的红叶
是不是最后一片抚慰

发出的熠熠之光
映耀谁苍白的脸
使其不改初心
最后一片枫叶飘落
谁让那
唯一一个硕果悬挂枝头
2016. 11. 5

# 夹在雪花深处

舌尖上，有一点甜又有一点咸
狂风中有一点癫又有一点柔
雨季不再有，天干涩得的流出白色的泪

这种雪花，有人百般喜欢
从晶莹到剔透
从十万里边疆到丝绸之路
没有人因为它滑落在地
一蹶不振

雪地里发现
这种铂是储存太久发酵的铂
这种痛是疼了很久
感觉不到的疼
这种思是随雪花飘落
消失殆尽的思

送一份加急电报
让雪花再伴随狂风
让狂风再添加雪花
2016. 11. 7

# 雪

仿佛，久远的呼唤
刹那，蕴藏了整个秋季的燥热
迎来了，雪花这个小精灵的舞蹈

让小动物们探出了脑袋
四下张望
堆出的雪人，瞭望无果的空间
阳光普照下，捕捉唯一的月全石

欣喜凝望敲锣打鼓
唱出无言的歌
此刻，飞鸟亦留恋往返
久久在雪地里徘徊，留下足印

一捧鲜花，是献给久违的爱人
还是掬捧给广阔的大地
冬天的雪花挂着夏日的言情
使四季轮回
还是把晶莹的心交给洁白
2016. 11. 18

# 霜冻

当霜叶隐去最后一片辉煌
北方汉子最后一次歇脚
山头光秃秃悄然耸立
脊背的凉和暖洋洋的目光对视
你来临，带来一路仓皇

你使大雁飞向南方
蛟龙失去威风
蟾蜍暂时冬眠
大地纳吐新穗
你让姑娘的脸蛋红得像四月的石榴
娇艳欲滴

我们行走在如此白露为霜的空旷原野
挥舞心中最后一次挽留
让绿色红花馨香
在明年的盛宴上
再一次登场

什么都没有了
并不可怕
我们在四季的末端
听空灵的声音
传来
2016. 11. 17

## 雁归来

你来了
用这样一种方式
雁一样姿态
凌空翱翔直抵长空

你奔走在家、病房、办公室的循环路上
多少拉长的影子
将你的成功手术淹没
只要患者笑得灿烂，阳光下的你
心底就没有一丝阴霾

哦，这就是你
你是神派遣的天使
上天赐予百姓的恩宠
步履轻盈，又脚步匆匆
只为寻找梦中的理想
寻找现实中的奉献

你觉醒人类懒散之懒散
你摒弃嘈杂之嘈杂，势利之势利
你抚慰多少受伤的灵魂
你使多少绝望眼睛变为希冀
你的背影多么伟岸挺拔

你拯救的不仅是病员的身体
还撑起一个国家的脊梁

闲暇时，你用一颗静静的心勉励自己
你是大地
乃至整个人类的赞歌
2016. 11. 17

# 凛冽的风

一面魔镜
把自己暴露无遗
你看，那张牙舞爪的魔女
是自己的形象

该审视自己
大千世界
无奇不有
高尚打败弱点
世上能有几人

凄厉的风吹起
迎着号角
穿上外衣
再一次在尘世间游离

## 古寺的钟

一声沉默的呼唤
唤醒了黎明
沉寂的心
在摇摇摆摆的命运中
始终如一

千年那一声
是为了等红尘中偶然的碰撞
一年那一响
仍倔强地遥望远方
一月的风吹草动
只好收拾行囊

今天，有鸟儿飞过、鸣叫
不知是欢笑还是哭泣，刀尖上的血啊
飘洒红尘
谁让诗人破絮般的外衣
掩盖华丽的内心
谁让诗人举刀劈向蓝天
却断水更流，流殇的心无从依托

唯一一只孤雁
孤寂的，飞向古寺顶端

向虔诚的钟，深鞠一躬
我来了
要久久归一

# 所有经过的风都这样说

集众优点于一身，
腾飞于泰山之巅
徜徉于书海之中
漫步于悠静之径
谈笑于鸿儒之间

心圣则怪
可以把时间打发得无缝可钻
诚实得可以不顾个人安危
将民生疾苦大白于众相
那铮铮铁骨不亚于思考者的冷笑
以及英雄的壮举
用儒家之典雅
也用道家之机圆
徜徉于生死之交锋
将学问规划之修远
爱情、友情涂画得妙笔生花

秉持一双细弱妙手
把人生敲打得微妙绝伦
用业绩写满生命之墙
鼓励弟子扬起意气之帆
让糟粕远离，阴翳抛却

将事业风起云涌
偶尔那一首寂寞之歌
道出了谁人哪怕是一棵小树
能否与斯人掀起共鸣

非常人能接儒雅之风
非大范能比于圣堂之上
眼神失意于今生前世
仙家走过悄无声息
君子轻抚恩师的肩头
天地不忍打扰

行，我们走吧
别打扰一个圣灵至上者
所有经过的风都这样说
并为之虔诚地披上衣裳
2016. 11. 19

# 情殇

坟墓里刻上你的名字
或得与或失
你都会在这里
这是你的归宿

灵魂里超度成小猫
你必定是老鼠
你不过街
也要喊打
因为你满身铜臭

心海里刻上你的名字
不是铭记
而是在翻手为云
覆手为雨的夏季
时刻把你当成霹雳中的命中人
拱手相送

你在我这里
不是暖炉
不是知己
你是冬季中的冰
夏季的火炭

## 闲暇时的心魔

体无完肤也好
完好无损也罢
抛洒你至江海湖泊
只怕躯壳散尽

无人无力把你丢进
丢进心魔外，今生无憾

# 暗夜里的云

那火烧的云
在白云的衬托下
醒目，耀眼，而又婀娜多姿

不知炫目了
多少至诚的眼睛
你挥舞银蛇般的鞭子
把天地铸成一片黑暗

刹那，湮灭了所有焰火
包括，萤火虫似的鬼火似点点星光

太阳、星星跑哪儿去了
谁能指明航向
心的大道宽阔而又可容纳百川
悲催的云趁机潜伏

待到东方泛起鱼肚皮
就会定期开张
使天地可鉴，真情永恒

不知谁把一片乌云悄悄递过来
炙手可烫的山芋，映红了眼帘
那云从黑暗的角落挤出
淹没于山巅之处
2016. 11. 20

# 心湖里安放的灵魂

秋的脚步似乎已经走远
满目是落叶知秋的苍茫
谁在这个翻手是春覆手是秋的季节
欢笑，放开眼眸，或呢喃感怀
唯有哭着走、笑着来的秋虫

枫叶抓住最后的底线
在落日的余晖中画了一个美丽的弧线
人们会为其前呼后拥
那牵扯心痛的是容颜为泥
奔放的热血为酒
你看总是落后了半拍
在秋的后边前瞻后顾，落寞飘零

谁在谁的发梢放飞蝴蝶
谁在谁的水波里搁浅沙滩
谁是谁的等待
谁又为谁故意堵住相逢的闸门
怎奈缘去如水，干瘪的脉络里放不下无限温柔
湖海里安放的那个灵魂
又在等谁的一泻千里

逃走的秋虫在隔夜的彼端不时鸣叫
听懂的不会只是过客
2016. 10. 25

## 周末文友相聚

几个知己好友
周末相聚一堂
欢声笑语夹杂着
文人特有的诗词歌赋的渲染
徜徉在打牌的乐趣中
在红茶的麦香中留恋
即时赋诗一首
当堂朗读，那声音委委婉婉
簌然泪下，整个饭桌
差点被文人的气潮掀翻

当堂赠书，签名留念
酒令的三杯两盏
岂可阙如，没有酒哪有友
没有真诚的文友，哪有今天的热情似火

一曲《难忘今宵》，把聚会推向高潮
走时的踉踉跄跄
回头的潇潇洒洒
四句诗的暮然回首
把今天的一切融入不言中
2016. 11. 28

# 点亮寂寞的周末

没有工作牵绊
也没有闲杂事端
静静躺在汗蒸房内
让那一周内污浊、压力、甚至自嘲
统统随汗水淌流

唱歌吧，跳舞吧
随人潮挤入人潮
在衣服面前挑挑拣拣
凯歌吧，美篇吧
电脑前写写画画
只要心拥满足
让那约会见鬼去吧

只要快乐就好
方式多多
寂寞的周末
被充实的篝火点燃
它照亮整个天空
2016. 11. 26

# 感恩白云

你是九朵白云中的那一朵
该去摘哪一朵
酣畅淋漓，或者
独爱蓝色那一朵
优雅、淡定

摘一束海底珊瑚相比美
只有它
方显本色
白云也吧，珊瑚也好
都不如小鸟帅气地飞翔
它红了眼睛，翱翔九天
看见冬天衔的草
在春天发芽

哦，只有
只有自己采摘的更好
天生有阿 Q 精神
不信，你看谁
膘肥体壮
2016. 11. 28

# 飘雪

原本奢望初雪
吻一吻我们的衣角就好
可漫天飞舞的大雪
已覆盖整个原野

放飞的眼色
不局限那些桃红柳绿
像鹅毛，像蒲公英种子
像千年的约定
像巴赫的教堂与相嬉的心情媲美
霎时呈现
一个冰雕玉砌的世界

欣喜它的洁白
能把污浊驱除
欣喜它的自由
让人们放下了纷繁世故
她……欢呼、跳跃、流泪、感伤
谁懂雪之寂寞
雪之奇艳
只为懂我之人敞开心扉

落了一地的洁白

被调皮的小猫
画了几朵梅花
像我们
心中的灿烂
雪中的思潮
2016. 11. 23

# 今年的第一场雪

午休，被一种奇怪的声音惊醒
被一阵阵淅沥沥的声音催醒
凝视窗外
一片片，细小、晶莹的小雪花
像一个个小精灵
穿上洁白的衣服，甚至玉似的鞋子
白手套、白色帽子、白色翅膀
夹裹一股春风似的心情
天南海北招展

你第一次登场的风姿
从你飘逸的身姿里仿佛看到
以往你凝视、专注的样子
或者触之即化的滋味
文人墨客，为报喜
敲打键盘滴滴答答的响声
那一声声叫好，掩盖在无声的春雷里

嘈杂的人群里，在飘扬的雪花里彰显魅力
你看，小草停止发芽
冰河为你造道
就连森林、暮山，也为你酝造一个
冰雕玉砌的世界

人们不需应邀，都敲锣打鼓
伸出惊喜的眼神顾盼你婀娜多姿的娇容
过不多久
小孩子们在雪地里打仗，抚摸雪人的眼睛
麦苗在你静静的怀抱里睡觉
明年的希望，在你今天莅临时抽穗酝酿

今年的你第一次来到人间
就这样闪亮登场
2016. 11. 22

# 怦然心动

多年沉寂
养成一个习惯
风呼啸，雪飞舞
无一丝涟漪
与你冰冷目光相遇
霎时惊诧了一片飞云

时光善待那些有缘之人
不管躲在哪里
都把他深深挖掘

那一片羽毛
它轻轻地飘上天空
心也坠落
人也飘摇
2016. 12. 25

# 雕塑

我用心
雕塑你的模样
可刚一下手
残烛
便留下清泪
2016. 11. 22

# 雪（组诗）

**雪**

一抹金色
无言
铺满银辉的地面
来年，用洁白唱响丰收
2016. 12. 22

**初雪**

她敞开胸怀
一如
抖开绸缎似的
棉被
2016. 11. 22

**初雪**

你低头看
绵羊奔跑的样子
像极了东北屋檐下的冰凌
2016. 12. 22

**初雪**

你应邀来看
一场风花雪月

可你还没有来到
雪融在她手心里
就化了
2016. 12. 22

# 心与雪松比美

冬天是一串铃铛
敲响了沉寂的心
看不见的晶莹
随冬至，让人神往

雪花夹着北风
像呼啸着
轻飘飘的子弹
射往大地、天空、碧海、银川
我们不得不笑了
因为有厚衣包裹
有广阔的思想

从早到晚
裹得紧紧的
就连野花也不曾侵袭
牛奶破碎的，撒了一地的白

大地为雪花唱歌
银川为苍茫开花
河流为唯一耸立
碧海把蓝变成你想要的模样

美好不是鲜花
畅想怀揣梦想
路边的冬青发出蓝盈盈的光
雪松它巍然挺立

我们哈着热气
霎时变成剔透的水晶
2016. 12. 21

# 第三辑　山岚

云雾阵阵
是谁踏一路清晖
吹响一声柳笛

山风狂作
是谁把心的波澜执意地推向峰顶
遗落了谁的魂魄

谁用轻柔而不羁的呼唤
敲打谁沉睡的心房
是谁独摇幽幽山径
眼前尽是山岚

# 摁住

从一个句号开始
摁住命运的咽喉
不让情思倾诉
不让河流呜咽
不让一丝蛛丝马迹遗留

可天开个口
大雨淅淅沥沥
下个不停
想关住
偏偏不遂人愿
2016. 12. 22

# 痛

（写给又一位护士长病后）

听说战友又一次
躺在壕沟里休息
泪水盈满眼眶
祈望
南来北往的风
变成蜜
让她窒息的心
稍稍感到一点甜

请不要打扰她
即使花语带着柔
雪花即变成清风
在她心湖里安放厉魔
蹉跎她麻木的神经
或许接受不了
上天的眷顾

因为惊慌变成针
袭击她的身体
时常的无奈变成无语
病身搁浅在沙滩

不，她也是凡夫俗子
也是肉身，暗夜
细小的灵魂也会哀哀哭泣

即使挖去一角皮肤
风化的浊泪已填平坑洼
茁壮地长出葱绿，我们欢呼
就连受伤的心灵
也跟着雀跃起来
2016. 12. 11

# 常青树

无论时光如何变迁
无论季节怎样交替
抑或霜寒酷暑
你总似威武的士兵
守卫那片绿城，即便是冬天
也带给人们一片葱绿的世界

不，不是守卫
而是你千年不变的忠诚
红花绿叶考验，仍保持你的匪气
纷纷隐退羞涩的笑脸
长虹闪电，冬天也为你开一路绿灯
嘎然而止，一枝独秀
开遍大江南北，为万物无邪
增添万花丛中的一点
绿意

于是人们欢呼
掌声阵阵
从心底，哪怕心灵窒息的地方
你是心灵鸡汤
暖千年寒冷，入味一切
慢火熬炖的一碗中药

即使偶遇千年不变的爱情
你就是那一线牵的红绳
2016. 12. 7

# 入冬的暖阳

清晨，一切武装
包括帽子、围巾、口罩
把自己捂得严严实实
生怕寒冷挤入自己身体

抬头，一丝暖阳
太阳张开嘴巴，哈出热气
仿佛树林摇动热的蒲扇
电线杆伸出温暖手臂
你的热情目光穿透时光
寻找金色蝴蝶飞翔的地方

于是，脱去武装
呼吸新鲜空气
好似蝴蝶翱翔
欣喜遐想，燕归来
鸟儿歇脚地方
就是温暖鸟巢

即使冬姑娘一再催促
终不想回到南方
2016. 12. 7

## 无题

屋檐上那只鸟
欢腾鸣叫
仿佛，欢迎天外来客
天上那么多白云
只有你披一身彩霞
飘然而至

仿佛小草点头
鲜花绽放
就连冬天的腊梅
也比以往璀璨、夺目
仿佛抛撒一路银花

哦，是我为了欢迎姐姐
执意燃放的鞭炮
2017. 1. 7

# 警告

你忘了
那双丹凤眼吧
它的杀伤力比利剑
快千倍

找到一方咸碱地
寂静的绿城
在那里拼命摔打自己
据说，据说可以疗伤
2017. 1. 7

# 一场洁白

一场洁白的雪花
从山那边
轻歌曼舞着
张牙舞爪向我飞来

我只接纳
那一双雪亮的眼睛
2017. 1. 7

# 荡漾

当天空窒息
北方的寒冷滞留心的港口
怀念，水草肥美
微风荡漾的湖面

山峰挺起傲骨的脊梁
云朵躲进千年玄冰之后方
野兔四下奔忙
杨柳它扬起春天的唢呐

而你坚守阵地
风挤不进心房

又是谁握住爱情的鞭子
把它舞得啪啪作响
2017. 1. 6

# 等你

我坐在年轮的风车里
等你
四季轮回了百遍
当我癫狂的眼睛
付诸于潺潺的流水
竟忘了你是前世今生的仇人

不管时间的巨手摁住了
谁的咽喉
就连小河也嘤嘤啜泣
雨停了留下了潮湿的心
雪化了晶莹指路
最终走向误区

尽管夜里的长河划过
失神的眼睛
那个千年红丝带
重新打上心的死结
只因你向我心灵射上一箭
至今还潺潺流血、流血

所以，醉了的
我踌躇满志

醒了我在我的心田
画上十字

最美的时光遇见你
是上天的赐予
料峭的寒风丢了你
又是谁掌管无缘的棋子
2017. 1. 6

# 荡漾

用虔诚做赌注
撒一把相思花
开在冬季

没有人施肥浇水
就连鸟儿也唾弃
风纹丝不动

你走到半路
折回腰，看
野草萋萋

用金钱堆砌宫殿
宫女也唾弃
更留不住过往
灰蒙蒙的天空
眼泪抛下远方
2017. 1. 6

# 啊，石塘竹海

石塘竹海
这片绿像翡翠
嵌入人之心底

这片林很大
一望无际
用手指量出
前朝百世
用余光发现
紫烟朦胧

一弯月亮
稍稍转移
悄悄遮挡如潮人群
仿佛林海里
那个衣着鲜艳的女子
用一筒粽香
笑靥如花
转移人们视线

只有前朝那个古装男子
对她微笑，风触摸
碧海里的蓝

显得更迷人妖冶

凭空跳出一只会跳舞的笋
抬头，忘不见天
这一番出游
竟然
找不见回家的路
2017. 1. 2

# 我的辞旧迎新

踏指尖，顺风云
在 2015 的飞车上前行
有欢笑、收获或小有成就
有徘徊、滂沱及坚定思想

心伤时仰望那朵白云
欣喜时不能张狂
旧的年轮踩下的光晕
在我的弱水里碾转飞跃

旋转感悟，千尺波纹里
只取那一滴浅尝
怎能忘了父母的恩情
于是有了臂弯、亲戚那样小文

在母亲走过的乡间小路左右凝望
那褴褛身影啊
总想起夕阳下的残阳

父亲墓碑前的小草青了又黄
谆谆教导没有随之左右摇晃
掬一把清泪把相思呈上
女儿牢记勤奋好学的准则

把人类灵魂工程师的战车擂响
工作中不忘初衷
敬业精神时刻踏响来年的战雷

飞速的 2016 抓不住她的飘飘衣袂
悬崖上立下鸿鹄之志

2017，更是实现梦想的地方

多少佳文没有欣赏
多少足印没有赶上
多少慵懒多于勤奋
多少炫彩没有散发心灵微光

2017，可以加大马力
把油门踏板踩到最低
当然要目视前方去除羁绊
再把那志向远大的帆高扬

可以一天抽出一小时把心灵鸡汤灌输
可以日夜兼程，把馨香送到忘忧城
可以白纸描写黑字
卒子把帅杀亡
可以把心停留孤岛
尽管飞鹰惊魄
用精辟文字描述
凤凰涅槃，紫燕翱翔

看，凝望 一只小鸟游弋勿忘城

风纹丝不动
大雁的伤好了该凌空——就凌空

爬完格子，竖行不要
坚持文字排成列队跳舞
不像今年杂乱无章
来年的舞蹈跳到最精彩
再来点烈风天翼
让岁末年初的灯高高悬挂
灯塔之上
2017. 1. 1

# 秋花

流水也失去，秋风瑟瑟
一朵孤独的花，开在你的肩头
你行走得如此匆匆
以致江河失去了滔滔气势

我不能把一首诗写得铿锵有力
是因为你温柔的目光总在我眼前扫视
打磨你的心智
无论如何
流出的洪泽不能把花浇灌得
绵绵无力

哦，因为它是秋天的花朵
从来没飞出你的掌心

# 夏

你的热烈
不亚于强劲的风
即使火种在冬天酝酿
春天里发芽也茁壮成长

蝉声此起彼伏
忍不住嘶鸣
冬天蛰伏的蛇抬起头来
电闪雷鸣

这一刻，我们的心
也熊熊燃烧起来

# 怒斥

（怒斥庆祝圣诞节的中国人，他们不知道圣诞节的由来，知道了就不会再那么疯狂）

我串了一夜风铃
准备热闹的街头
助威

哦，你朝为白露
暮为醉鬼
摇摇晃晃的人群
不知东西南北
我打道回府

可怜的人
连枪从哪里射出
都无从辨别
还谈欣赏什么
风景
2016. 12. 25

# 怦然心动

松柏固守着沉寂
风呼啸，雪飞舞
它像士兵
巍然不动

当山河触摸绸缎
当碧海覆盖浮云
当残雪消融，醉鸟俯瞰大地
刹那惊诧了一片飞云

时光飞逝
刻上的是深深烙印
唯一不变的是它的筋骨更加坚强

它没有遇到一股强烈的暖流
否则也会，怦然心动
2016. 12. 25

# 腹有诗书的佳人

你为什么在三月
盛开，绽放你美丽的容颜
你绰约的风姿是不是击败了
所有的选手

不，不是百花齐放
而是，独树一帜
方显得你万树峥嵘

是不是
寒梅傲雪，桃花妖娆
更使你别具一格
你满身轻曼，奔赴高洁的圣堂
你是女子吗？饱经诗书的女子！

你，素衣白衫
用冰清玉洁的身姿
摇曳一路春光
梨花雨纷纷而下
你是神洁的仙女
吸引文人墨客
争相一睹芳容

你不负众望，用
不争宠、不撒娇、不唯唯诺诺
万树繁花处处白，一树梨花压海棠
的风格
给他们铺垫，渲染离别赋诗情怀
了却，凝聚一冬的祈盼

你仍是芳华绝代
你卧倒的满身素雅的姿态
带来赏心悦目的欣喜
今怡情小酌
稍醉联诗赋予你最美诗篇
2017. 3. 14

# 谁在杏花树下掩口浅笑

穿越黑的溪流
走过萧瑟的寒冬
本奢望桃花打头阵
没想到一枝独秀
不，万千枝条
拖着轻盈身体
如白粉似的面团跳出一抹淡红
一跃而起，刹那
亮了千万人眼眸

在杏花树下等你
百花暂停绽放
掌心里开出别致的风云
不为炫耀，只为落地为泥
过往的云烟埋藏在回忆的长河
留下洁白、嫣红
闪亮今日的美好

等到日落西暮
云霞露出五彩笑脸
你坚信风摇，地不会动
花落，叶不会枯
一地残花，终归有人善终
于是掩口浅笑
2016. 3. 13

# 身上的毒

今夜我已酣睡
长眠不醒
因为你种在我身上的毒已发作
那种带香气的毒
起初无形

我情愿你用快刀
不用流毒
那样我会无痛苦死去
不会今夜长眠不醒

假如我突然醒来
又会循环上一轮魔障
这是你不情愿的
幸福
2017. 3. 12

# 润柔的细雨

三月
瘴气雾气已消散
拔节的声音已响起
春水已照见人影
绰约身姿已曼妙

忽一阵小雨淅沥沥而下
风柔柔吹过脸颊
无惊天动地之声响
无雷电交加之动容
就那么悄然而入
悄然无声

泥土张开笑脸相迎
小草用葱绿比赛
麦苗就那么随风飘荡
鲜花也亟待开放
等待
等待诗人垂涎

尽管什么都听不到
却感受潮湿的眼睛
在眨动
一如我们潮湿的心
暗流涌动
2016. 3. 7

# 三月柳笛声

那年那月那水
那婀娜多姿
那柳笛声声入耳
翠了谁的绿
醉了谁的心

三月杨花吐蕊
心底的一片涟漪
掩映在春光下
留在羊肠小道里
藏在三三两两孩童的嬉笑里

曾经的水是那样清
曾经的人是那样美
曾经的柳笛
抛洒银铃般的笑
曾经的柳絮
铺满故乡的家
那银白，那翠绿
那一触即痛的回忆……

手搭凉棚
遥望曾经的岁月长河

划出的桨
溅起冲天大浪
潮湿了故乡的天空
又润泽了谁人的心田？
2016. 3. 11

# 桃韵

送走了冬韵
迎来了春雪
深埋了梅花
又迎桃红

放眼，你温柔婉约
虽无暴雨瓢泼之潇洒
也无冬雪晶莹之纯净
单就你独特之绽放
一片嫣然之风格
醉了心灵和岁月

一片叶跳跃于纸上
一片情淹没于花海
又有多少才子佳人
漫步于烂漫的花市
采一片红蕊
为之泼洒笔墨
轻摇红尘之涟漪
吟唱爱情之赞歌

蕴藏一冬的战鼓
撞开怒放的花蕾

她使山石失去理智
春之嫩芽沦为衬托
太阳羞红了脸庞
月亮躲在黑暗后方
只有蜜蜂闻及芳香
飞啊飞啊飞到
爱情碰撞的摇篮
坠落一地春景

霎时
花海摇曳
像旌旗呐喊，爱情呼唤
像少女羞红的脸颊
在花瓣雨中如此倾城

采一片桃花
不忘初心
等你的人手搭莲蓬
你等的人隐没于山巅
谁的欢呼迎来嫣红
谁的无言葬于深海
投之于心之熔炉吧
使其燃烧成火炬
2017. 3. 5

# 春雪

你来了，像渲染的云霞
踩着鼓点，大胆展露
用包裹的心
强劲的风
扫荡不羁的脸

你用满世界的白
清扫心的殿堂
你用稍微的咸，豆大的颗粒
诉说着满腹的知心话

如泣如诉的表白
足以让人们流连忘返
天地外，也许是一道美丽的弧线
咽喉处咳出的
是热腾腾的肺腑

只要你付出热情
就像你伸出巨手
把冬推至眼前
把春推至遥远
唯留芬芳弥散心间

我留住河流
留不住你窒息的美
我留住芬芳
留不住春雨淅沥
你稍纵即逝
像一道美丽的弧线

放眼，一片洁白
室内，温暖如春
我们唱一首赞歌
关于冬，关于春
关于春天的爱情
关于不老的冬天阙歌
2017. 3. 5

# 大地为你披金

黑夜的光
点亮遥远
看不见的面目
包括黑森森牙齿的狰狞
在闪光

只有那个遥远的夏娃
点石为金，捏土为人
用佛心祛除糟粕
意志燃烧未来

今天的夜为你开放
所有酣睡的眼睛
都变成浮光掠影
2017. 2. 17

# 相聚

此刻，风静了
尽管外边狂风打着鼾声
此刻，灯灭了
尽管英魂在你身边游离

黑暗中
摇曳的是
起伏的心灵

尽管身体没有撞碰
灵魂撞出火花
你看，那流星的
尾巴，拖着
长长的风筝
2017. 2. 17

# 打你

狠狠地打你
用无形之鞭
抽打你麻木的灵魂

呼唤你，无应声
你却在轴线外，雨伞下
放逐人的梦想
让其泪流成河

# 我是怎样地欣喜啊

你的眼睛
像一潭清水
我在里面打捞鲜花

你的身体
能遮挡暴涨的洪水
我在里面腾跃灵魂

你的话语
是警句名言
我的面前
开启了一扇明窗

你的手似佛光
拂去我额前的乱发
也拂去我内心的杂陈

我是怎样地欣喜啊
此生遇到真人
2017. 2. 17

# 情感

鲜花相伴的路上
没你同行
总觉少点什么

凄风苦雨
回头展望
总有一双眼睛
观望背影

留不住的人和思想
总想大声吟唱
或铺展笔墨
任情绪流淌

把妩媚写进柔情的目光里
把思念写进有力的怀抱里
远处飞鸿踏雪
是爱情吟唱

抱一抱小树
它已成长
不需过多水份灌溉
就能长成参天大树

绿茵乘凉

触摸雷电
已是妄想
心底存留的是
盲音繁忙

火焰
总是被理智湮灭
用一根细小的鞭子
抽打浮躁的心灵
直至天空飘来彩云
或五彩云朵
映照娴静的面庞
2017. 2. 16

# 为何这样伤我

鲜花曾灿烂
河水曾波光粼粼
你为何在新域的黑暗后方
用绝望的眼睛看我

伤痛的心，纠结于你的一句独白
或许是随口，或许是编造
不是真的神灵失灵

若算命的能富丽堂皇
我们的灵魂都能升到天堂
你好狠心，把这句话告诉于我
哥哥，是你让我泪流成河

李白的飞流直下三千尺
哪比上我的泪水滂沱
哥哥，你感知我的心
它丝丝冒着热气
那是冷冰蒸化的灵魂
随你升上了天堂

倘若河流失去源头
心花不能怒放，待我等白了发梢
倘若，心湖的灵魂无处安放

一度伴我孤行，黄泉的路口亦为我开张

哥哥啊，你怎忍心弃我们而去
该不是南柯一梦，上天一个玩笑
你可知，以后的凄风苦雨中
没人能推心置腹
残灯摇曳，枯涸的心灵无从依托
喃喃细语，无从倾诉
我又到哪里寻你的铮铮铁骨

路过的每一个路口，总有沙沙来风
既然有梦的早晨烟雨蒙蒙
既然黄河的渡口有人摇桨
既然不能同生，那么死
就像摇奖，不信你就能中奖

梦境里有虚幻在摇铃
太阳光下，我看见霞光
独看不见，纤弱的身体
纤白的手指，指向我心灵独居的地方

你不要吓我吧，哥哥
待墓草像魂灵在摇晃
新刻的字迹用心结铸就
心灵的划痕，总使我泪水涟涟
活在世上，也就是一个躯壳

哥哥，你总伤我心灵
把这句独白给我

# 花中挥手

藏在叶中的花
林中挥手
是不是，看不见的真诚
在闪光

自己作蚕，缚了丝
还怪
向日葵终日低头不语
是好高骛远，还是
胸有成竹

大地回春，灿烂的阳光普照
瘴气阴霾消散
无影无踪的你
阳光下
展露笑脸

在一个春天里
你挥手
带着朝露
自此别去
一冬的憋屈

# 展露头角

小草发芽
百花敲锣打鼓
麦苗青青让人爱煞

整个春天
全身都憋着劲
一只飞鸟
为何还萦绕天际
久久不肯飞下

只要心中拥有日月
天空有蔚蓝
即使蜜蜂采完最后一季鲜花
百花仍旧绽放

百鸟仍在心中游走
你在远处
张大眼睛
哦，从来没有看见我
这等飞翔模样

# 剪断

她剪断
脐带
却

剪断不了
连绵不断的
群山！

# 今夜我要写诗

今夜，我要写诗
把动容写进心房里
把会意写进眼睛里
把畅想写进未来里

喧闹的街市
留不住匆忙的步伐
就像留不住的日月
留不住一刹那失去的时光

倾囊相授的感情
欣喜的被日月相鉴
黑暗升起喧腾的云彩
你似灵魂脱窍

盼来你手捧鲜花
从众人心房献出
我欣喜，于是
灵魂出窍
再一次，
黑暗写诗，写诗……

# 100 天没想你

想你
已嵌进我的生命里
一天不想你
生活味同嚼蜡
一分一秒不想你
心空无以安置

忽然的一天
当街上碰上你
很自然地打招呼
没有了惊诧
没有了心中的小鼓
没有了惊涛骇浪
连眼中的落差也消失得无影无踪

突然地想到
已有 100 天不想你
能做到这一点
是很久很久以前
我下的决心

是睿智战胜沉沦
还是走向不落的太阳

你的身影消失殆尽

举杯邀月
清晖下的身影更加坚定
把酒问青天
唯我独尊、独醉
是否拍手称快
心海从此空灵，没有遗憾

# 四月，我迎着漂泊的风

四月，本该草长莺飞
拥有晶莹剔透的水之心境
可是，扬起的尘土
掀翻了我的毡房
我的思绪随你紧跟慢跑
还是落后半拍

只好望洋兴叹，心儿随你漂泊天涯
或者海角
如果一粒种子在思念里发芽
我欲藉眼泪做沃土
如果漂泊的心永归故里
请你瞥视我翩翩的衣袖

把马儿的脚步放慢
仰望我的一片晴空
请你紧握我一次手
完成我一次夙愿

不让你接纳我失去的魂魄
但求你在四月的风里
用漂泊无定的心
等我！

# 籍贯

你散布在
天涯海角，从不随风飘游
像根扎在心底
永无破壳的时候
即使到了天堂
爹娘声声的呼唤
依然回响
在原来那个路口

# 突然

突然地
柳笛失去尾音
在遥远的天际
悲鸣

我的手弯曲
像脑梗后遗症突发
弯曲的方向
不是指向太阳升起的地方
不是指你明亮眼睛后残余的光
不是绿潭、杂草丛生
是绝望后最后的凝望

倘若你给我最后一次呼吸
我不会在风雨飘摇的晚上
写你写殇
写这熟悉的街头，你在此迷了方向

雁无声，却心底嘶鸣
水无语，远处飘来潺潺流水声
此时心境
如用慢火熬炖的心灵鸡汤

安抚一刹那动摇的心
和空灵浩渺的灵魂
自此不妄自悲伤

# 看透

如果，你的眼睛
能看透我的心灵
我情愿折寿半生
来换回人生的彻悟

如果，大雁北飞
我在悬崖种一簇蓝莓
逆风成长
一种温和北方土壤的心情
使百花齐放
喂肥南方的鸽子

一切，均不可能
就像失落挂在摇摆的风铃上

窒息的空气，盘旋在
我的头顶
走走停停的风景
总遗落在错过飘飘洒洒的路上

## 抛却

安想抓住流云
身体却被抛空

转眼
身后是悬崖绝壁
望一眼你抛来的目光
那是最后的挽留
2017. 4. 6

# 一线天

吊在悬崖上
或许是命运的捉弄

视线模糊处
只看见铁树上
开出了
一朵颤巍巍的花
2017. 4. 6

# 摇曳的想念

抬头望天
红太阳高高挂起
而我心事重重
阳光没有照亮我
阴霾的心

月亮如钩
一抹残黑涂抹心底
到底怎样
能使万里无云
太阳在黑暗处升起

箭虽不在弦上
留下流红、芳芬
大自然赐予的幸福
不能用一钩心事抵消

你的想念
在纯银白的月光下泼洒
你心海的花朵，摇曳
在我如灿的岁月里
令今夜灵魂摆渡

# 孤独（组诗）

1
睁着血红的眼睛
看世界，眼前
一片漆黑

2
有千种声音
在呼唤，可惜
只听见一种小猫似的
嘤嘤求助

3
打坐，或坐卧不安
时间静如水
只有时钟滴滴答答地流淌

4
躲过视线
像迷茫的海
我的一只孤帆
飘摇，找不到航线

5

千万枚针刺在身上
毫无一丝疼痛
灵魂似乎脱离肢体
我不知道这是不是一种绝望

6
花儿凋零，毕竟
曾有人真切抚慰的
露珠惨笑
毕竟没看见真容

7
心，无法被百川容纳
因为尚未掏出
就被猜疑风化

8
活生生无助的故事
心早已失落
歪歪斜斜，你的装饰
像极乞丐化缘时摇摆的衣袖

# 第四辑　丹霞

直击弱水三千
巍峨的山体不会言语

那边起伏的山峦跌跌撞撞
似我漂游的灵魂
我的山下
奔涌一幅幅墨色山水

苍白的冬季，萧瑟成群
我不会涂鸦，那些
玫瑰色的记忆
像丹霞
还能装饰什么样的梦境

# 潜能

倘若
你还剩最后一次呼吸
那只被抓住的稻草
是不是还能
再给我
一分钟的潜能

# 惴惴

没有任何的日子
不让我惴惴不安
没有虫鸣的日子
我听见万马奔腾

也许，这是你
给的奢侈，不是
大自然营造的
幸福

## 迷惑

前面
深深的陷阱
赶着趟，跳下去

不知是地球引力
还是源于你的
推波助澜

# 俯瞰

躺在象牙塔
看得见大海

漂浮在广阔的领域
看不见百花

这是一个人
与另一个人的
胸怀

# 春天的原野

总想
躺在大地的怀抱
闻百花的奇香

可百鸟喧宾夺主
吵醒我
赶往另一个黎明

# 静静

花的娇艳
能渗出水滴
人的潮流
竟一泻千里

可就在彼时
我固执地寻找
静静

# 清明

嚎啕大哭的情
埋藏在心里
荒草羁绊
再也走不出
" 十字" 圈子

双手掬捧
赤裸裸的心
整个的，呈现给您

# 我去哪儿了

今天，谁也寻不见我
我去哪儿了

记得，有一股仙气引领我
驾鹤飞翔

飞到一个湖水荡漾的地方
清澈照人
亦照见我不羁的面容

继续前行，我望见
水草肥美，绵羊成雪团似的一个个从山上滚下
我驻足不前，惊诧的眼珠差点掉下来
啊，一望无际的草原
白云贴着地面
沙沙来风，差点
把牧民的毡房掀翻

一股无形的力量，推波助澜
我发现一原始木屋，四周奇花异草
清潭绿的照见人影

远处，一登山老人无视眼前风景攀登、攀登

那姿势像极了泰山压顶

于是，心灵为之一颤
多少年没有这等殊荣
不！或许是，我露出激动的神情

上帝偷走我一颗心吗
遇见你，遇见风，遇见漫天飞舞的大雪
波澜不惊

只有在这里，寻到了平静

# 静静地，寻找那一片草地

不要说，吸进半生浮尘
飘飘摇摇，身子弯成月亮

一只青蛙的鸣叫，叫响夏天
蓦然回首，春天似乎走远
白的雪，踏实的足印奔向黎明

不能就这样等，天荒地老的爱情
不能坐以待毙，不羁的延年益寿
不能荒废了大好时光，任河流静静地流淌

置一片净土，把幼小的种子撒向那里
用清泉灌溉焦渴的心灵
使其凤凰涅槃
展露时光清浅的笑容

每日，耕耘心灵的一片天地
把美好时光打磨成歌
打磨成诗，为未来鼓掌

# 用什么表达心情

一只咸鱼的眼睛总窥视着我
我不喜欢，但我要用它做人类的翅膀

我们总想飞翔
苦于没有希望，于是
营造了一种假象，装作坚强
在大风里缩紧身子，仍瑟瑟发抖

谁能拯救灵魂
唯有思想，于是
提笔，写失去，流觞，失而复得
诗歌的脚步只在自己肩头行走
气喘吁吁
不是最初愿望，回望
突然不能认识自己

有时，走进熟悉的暮春的田野
也会一时找不到方向

# 暮春，放飞一只鸽子

招手叫来一只走散的鸽子
它很听话，静静地在我肩头唱歌

走向田野，忽然想到野百合也有春天
泪流满面，看见
顽童眼里闪着纯真的光
忽然想到，夏天的早晨总有露珠

希望如初升的太阳
行走在心的海洋，光芒万丈
暮春的晚霞偶尔使人迷茫
好了的伤口总会隐隐作痛
去吧，这只忘情的鸣叫的鸽子

即使放飞它，我也会
潸然泪下

# 屈原

你是不是那个粽叶飘香的日子里
那个茶余饭后，品头论足的挥之不去的巍峨

你是不是长衫飘飘，浸湿了当代人心灵
还染韵了两岸青山的时代赞歌

大河为你奔涌不息，祖国为你大开绿灯
人们一到这个日子，更是奔走相告
《九歌》的旋律回响在祖国大地，你看
谁激情澎湃，大声朗诵您的《国殇》

您摈弃一切，纵身一跃，溅起冲天大浪
你的无言象锦绵的长白山上的白雪那样纯净
您激发了后来者的足印走得踏实而有力
谁人的心胸永远像滔滔的黄河流水那样奔腾不息

# 国殇

当楚国的江涛翻滚
诞生了一个英雄
他不愿与污浊为伍
情愿长眠在青山明月
殉身明智

是你，屈原
你长发飘飘，纵身一跳
从此有了
艾叶与粽子的传说
那不是品尝它的芳香
那是怀念祭奠你
早逝的英魂

不知你是否知道
你的美名早已名传天下
你的英魂在人们心里
重似千金

于是到了这天
有了天似大火
擂天的战鼓
墨似的颜色
于是，国殇不殇

# 您该歇歇了

您该歇歇了
妈妈，我怎么
又看到您单薄的身子
往山上爬

太多的无奈和心酸
已在你脸上刻下烙印
您的脸不似年轻时闪着光彩
如今，儿女已长大
您大可不需要
守几亩薄田，不离开老家

操完儿女繁杂事
您的身影仍出现柳树旁
家乡的驿站
您又去看看院子里的月季花
是不是绽开那美丽的笑颜
家乡的小狗每次欢快地摇尾巴
您心里都乐开了花

您该歇歇了
妈妈，如今儿女已长大
完全可以满足您的愿望

想要啥就要啥
可您非要回老家
到底是为什么

世上有一种疼爱不需回报
就像您回老家，无需疑虑
不用解答
有一种眷恋，对故乡的热爱
也是对妈妈最好的解答

# 父亲去的地方

父亲去的地方
竟是荒草丛生
不是因为音讯不通
那个地方，神仙都从未抵达
我们无甚了解

会不会有鸟语花香
那双眼睛
会不会仍闪着善良的光

父亲喜欢读书
那里会不会有电子书屋
清明的袅袅青烟伴随金黄色飞絮
会不会有快递送达
每到这个时刻，父亲会不会
戴着老花眼镜
在网上搜索那个熟悉的路口
向家乡眺望

声声呼唤
送达不到
好像隔着遥远的边疆
不，父亲去了一个远而又近的地方

远至天边，令人掉入深渊
近至心头，每一次呼吸
都牵扯得阵阵心疼

## 父亲的鞭子

我被一根鞭子狠狠抽着
大汗淋漓
我醒了

一丝微黄的光从门缝挤入
我知道
黎明的曙光
已经到来

我想了父亲整整一夜
不愿意上高中曾被父亲用鞭子抽过
每当写作遇到难解的古文
就想到鞭子
没有鞭子
就没有警醒

昨天差点误入沼池
又想到父亲的鞭子

太阳已照在涡河之阳
明艳大地
我赤足
走在高高的堤岸上

# 母亲坐在黄昏的麦地里

母亲老了，终于放下了背包
终于不行走在田野的尽头
终于不撑着眼皮，和夜晚讨价
终于不眼馋别人家的殷实
终于，手上的老茧再也不用擦油
终于，唠叨变成了沉默
整日眯着眼睛，望着田野的方向

一个黄昏，母亲颤巍巍的手拨开迷雾
一只白内障的眼被金灿灿的麦穗打湿
看见，牧童仍扬起马鞭
听见，海潮撞击礁石的声音
儿女骑着汗血宝马
一双鳄鱼的眼睛变成海蓝
自此，世界一片寂静

# 拨开心海一朵浪花

心中一朵浪花
丢失在广袤的土地里
跳跃着
麦浪扬起金黄的笑脸

一株幼苗
被上天挤入一块贫瘠之地
孤零零地低垂着脑袋
你不顾一切
把心中仅有的精华——浪花
无偿捐献

即使少活 20 年
你心甘情愿

看它飞扬着笑脸
我懂得了根植于大地
才能发芽成长
话语似春风
才能拨开晨雾
浪花飞舞跳跃
才能绽开美丽的笑脸

# 汨罗江感怀

每年的这一天
汨罗江都掀起滔天大浪
那是世上尊重诗人英魂
而引起的心潮激越

不跟昏君庸臣同流合污
誓与污浊泾渭分明
你像千年河蚌
晶莹剔透
那姿势撞开了怀念者的大门
你腰间那个酒葫芦摇曳
一股清气，荡人心怀
你不忘最后看一眼未泯的江山

谁说你已逝去
两岸青山显示你已永垂千古
谁说英魂泯灭
堆积如山的粽子
伴随国殇的战鼓
把爱国精神铿锵挽留
至永远，永远……

路漫漫其修远兮

这一天，一路踏歌
满满的都是低垂的心
满目疮痍，耀眼的素白
辉映大海，大江，河流乃至世界

# 邂逅

邂逅你，便点燃了
遍山火焰
远离你，会不会
为星火燎原
埋下伏笔

你携着迷人的璀璨
点燃的是浩淼的繁空
我抓住的是流星的尾巴
一不小心
滑入匆匆的流年

我想
是不是悬崖上的花
遇到了那股夭折的风

# 一路走来，阵阵山歌

你用唇瓣的红，亲吻大山的青
于是，有了羚羊失意于群山的孤独
乌龟爬上山顶贴心的凉爽
换回
你用山顶的风鼓起一个个帐篷
我则坐在里面
密缝心灵之窗

你掀开曙光之源
打开窖藏千年的美坛
我即被照射的流光溢彩
吸引
天上的小仙女抛下绣球
边唱歌边用马鞭驱赶拦路之虎
可是，我专注你的眼神
听不见也看不清

# 今天，总想说点什么

天总是黑暗
今天终于泛白

总是鼓掌于你的深沉
探寻于你的心海
尽管你的眼眸能盛下江河

你总是放飞一只小鸟
它总是记得寻我的路
尽管我是旁观者

来来回回
希望焐热鸟巢
而你又欲罢不能

天一放晴
就准备打道回府
2017. 5. 20

# 想触摸又缩手

夕阳下霞光
映照金黄麦浪
心中滚滚洪流
倾城而下

一缕青丝
携万分春情
摇曳美好时刻
顾盼生姿，不仅仅是相逢恨歌
一刹那缩回的手，同微风构成
黄昏晚霞美景
路遥远像绵长的丝绸之路

一股热烈的风刮去
燥热
良言似潺潺流水
灌溉迷茫心灵
爱不在朝朝暮暮

远处，狭路相逢
会不会有捷径通幽

# 黑暗里你站成风景

黑暗里
你还站在那里
等谁，或者想独自成一风景

不远处传来一阵小提琴似的夜曲
是否触动你柔弱而又麻木的心灵
删去电话号码及网络表情
删不了心中
岌岌可危的地位
是不是留白中总有你一抹倩影
或英俊面容

印记往往不是留在物表的上面
而是存留心底
每当下雨
会隐隐作痛

今天，无星星
无月亮，你是否连同灵魂一起出动
期待吴刚泼下的酒
一同醉成世间最美好的风景

# 皂荚树

根植于地
仰天而立
是谁掏空它的肚肠
只留红心一颗，慢慢温炖

不甘于千年风雨的侵袭
枝繁叶茂
自在的鸟儿来来去去
衔来了春回大地
万千学子呀呀学语
把老子思想传承
摸一摸它花白的胡须
道德思想源远流长

是谁抹下你眼角清泪
漂白你一袭白衣
你离去又返回
是不是树下有梦牵的魂
偌大的树荫遮住了灼热的太阳
遮不住一曲动人心魄的思乡曲
是谁化解前世今生的缘
让你久久仰慕垂盼
一声婴儿的啼哭，响彻原野

把黎明提前

树下 划着十字
默默祈祷
做过的事无憾，走过的路无数
却鄙视污浊走向遥远
前边的路，超远
前边的天，蔚蓝
似心灵洗礼后纯净的蓝天

那么，我们虽无终极的颜值
却有爽朗的笑，心底的期盼
伴随一曲老子颂
千秋万代传

# 淡烟扑面

一阵子
无风的湖面
我听见冲锋号角、骡马厮鸣

自从
经历一次打假、生死考验、田园流放
一切仿佛是浮云

放下架子
放下依从
放下充满疑惑的脸
放下心里诱惑的虫
无风的夜晚，我们会遐想
从哪里走来
又去向何方
一切归置于净土

倘若你经历过一次
死而复生
就会知道
生命承载于我们的是什么
一切都是遥不可及的梦

# 护士

你用诚挚的爱点燃沸腾的心
你用匆匆步伐诠释广博的爱
你用似水流年、蓦然回首
灿烂了人生的辉煌

你响亮的名字
不枉白衣天使的称呼
你用实际的举动
布施提灯女神的善行

泉水叮咚、幽谷深岸
你只回应了病人的呼唤
白色燕尾帽下掩映的
是一双双清澈见底、容纳百川
温柔细致的眼睛
抚慰的是一颗颗受伤的心灵
脑海腾跃的是一颗颗热烈的心

你失去的是容颜
换来的是绽放的笑脸
你用爱和真诚
雷动矢志进取的鼓
马不停蹄地，你用疲惫的倦容

甚至倒下去又站起来的身躯
挥手
回应时代的召唤

不用华丽的词藻
炫丽的诗篇
就展现了一个默默的你
护士
你是小草、大地、鲜花
鸟鸣、一池清水
任何华丽的词语
无法表达对你的崇敬和热爱

# 突变

像隔着山脉
遥隔万里
昨天还去赴微笑的鸿门宴
看看，都是黑眼睛
黄头发的炎黄子孙
有什么可怕的

从你眼睛扑朔迷离那一天
就注定炮火连天
尽管战场从未
拉开序幕

细胞的裂变
就像对手的伟人握手
那是假惺惺，血淋淋的假象
转眼，风云突变

心门为未来开口

就像，你昨天还笑容可掬
今天，大河顿失滔滔
我们埋怨雷公倾城而动
而使眼泪凝成诗行

# 爱上你的组合和月色朦胧

你的组合是刀剑
血腥杀戮光秃秃的头颅
你组合成天地绿滢滢的光
血腥腥的场地
杀人不见血的谬论

我看见蚊蝇遍地
刀光剑影
听大河顿失怒涛
流水不愿和土地联盟
以致心田干枯
灵魂极度腐朽

还好，巧遇月姑娘
蒙娜丽莎的眼睛更迷茫
她用葱白手指
弹
世间离断惆怅

于是月色幽暗，二月闲愁又上眉梢
你的影子投影在爱的心墙上
血色变成玫瑰变成离殇
形如陌路，于是
爱上月色爱上组合爱上血腥
指引的方向

# 映山红

你用张开的笑脸
石榴红的嫣然
迎接我，屈驾
你是我前生的爱人

你似烈焰，晕染了吾心
你似玫瑰，朵朵含情
你簇簇花朵的绽放
似生命督促着生命
紧锣密布

你紧促的步伐，喷洒着火焰
你沉寂的心，暗夜里
回归于自然

你给予的坦荡
收获的，是爱人声声的呼唤

# 医生和护士

用默契制造爱的帐篷
用心刀割去疾病的疯长
用听诊器听生命的旋律
用眼神告诉世界
我的爱不是你
是一个个活生生的生命

主制造了世间这两个名词
就制造了世上
最好的搭档
任风雨摇摆，雷公发怒
绝不动摇，一滴血
滴在爱的洁白上

屏住呼吸
柔弱的手抓住心的盲点
碰撞开的是爱的心花

# 絮

你张着血盆大口
是要吞噬我们的心灵吗

本以为消失殆尽
你却翩翩而来

虽不疼不痒
却不偏不斜
骚扰我们的心
封住我们的口
我们像躲瘟神一样
有过之无不及

你虽然洁白
却骨子里妖媚
你笑里藏刀
你用美貌狐媚着世界
你令人窒息

我们远离你
甚至扬起马鞭
你这可恶的荡妇
我们用喋喋不休的舌头
唾弃你

## 别以为

别以为，你给我广袤的土地
我的心花就为你绽放
别以为几句甜言蜜语
我就随你走遍海角
别以为，别以为
你今天的行尸走肉
是昨天为今天付出的代价

落寂的气泡飘得远远的
心的颤动抖落一地风尘
长鞭啊你的清脆
换来
远在千里一声长啸

丹霞覆盖整个原野
不要以为
是樱花瓣的美丽而至的
落英缤纷
而是
千年皂荚树下等待美丽的你
燃起的红晕

## 感恩

有人说，你是护士
从来没见你写过洁白
有什么写的呢
忧郁、叹气、阴沉沉的脸
血腥、刀叉、杂乱的脚步

直到有一天
那个病人携带土特产
手拉一个脏兮兮的小女孩
不远千里来到我面前
说：你曾经在我昏迷的时候
喊过我的生命

又一个卖菜的农民
执意把鲜嫩、绿油油的青菜
放到我们门前
还有那个摄像家
把镜头对准我们护士
那光鲜鲜的脸，按动快门

会弹琴的无需趾高气昂
生命的旋律就此开放
人类赋予生命命脉

启用掘开生命之锁之至重
让虚弱生命继续唱顽强之歌
是这辈子做的
最快乐的事

# 黄昏，我细眯着眼睛

一条河静静地流淌
岁月无情啊
把时光凝成碎片
抛洒的清辉
碎了一地月光

无风的路口
有涟漪打招呼
咆哮的潮水
使渺然退却
一把细沙，抛洒尘世的
纷纷扬扬

黄昏，残阳如血
一双细眯的眼睛
洞穿前朝百世
看落叶成殇

岁月
被打磨成一条黄金线
铸就一场花事的坠落

# 你打马，从我面前走过

无需踏尘
就能听到驼铃的声音
无需呼唤
就能听到万马奔腾

你没有绝尘
冬天开出了夏天的花朵
或许时光洗涤了韧性
世界变成了空灵
或许你雕刻的精致愧对缠绵
以致不能适应短暂的炫目

你打马走过
我心不设防

## 知道春天

我知道春是为遥远作准备
于是
有了路与远方

踏晨露，寻觅的是开端
沐余晖，湿润的是心灵
一颗红心，为虔诚作准备
一刹那开遍原野的花
飞掠脑海

丰盛的果实
肥硕了我的笔端，妙笔生花的
不是那个闲来无事的丽人
而是你想要就要的
兜转怡情

春的迷宫内
一不小心，彩蝶用翅膀
画出了世上最美丽的风景线

# 我是一条鱼

我是一条鱼
用眼神摄住你的灵魂
你用清澈回报我
斑斓会使你无从依托

铸就自然流动的波纹
摇动撼石的力量
把风雨摇摆，柔情万分
留眸在一帘春梦及
难舍难分的顾盼里

山岭的风不摇摆
却用十二分的力量
撼动心灵
十二檀的树尖
不入云霄
却用藤蔓缠住吾心

无论你怎样劝说
我坚守我是白净的黎明
绝不随你踏尘而去
无论风雨怎样摇摆
只留住山岚、丹霞、雾凇、石花

留不住匆匆离去的步伐
及一刹那动摇的隐居山里的决心

我用沉积千年的仙气
涤荡来源于各种横来污浊
让灵魂洗礼，虔诚作陪
让生命赋予生命顽石
那种石头缝里开出的花
娇艳欲滴

# 全身而退

树皮皲裂
一点点剥离

不如，用全力
扯下一大块皮
虽渗出血来

却，涅槃新生

# 二月杏花

你披着白色
外衣
推开门扉
佳人恰好入怀

又恰恰好
白色嫣然梦抖落一地风尘
细雨菲菲
打湿了你的双眼

超度、超度
传来一阵虚幻
半醉半醒
还驻足观望柴门半开

清泪，顺着脸颊
顾不得拭去，廊桥下
恰恰怒放心扉
犹如二月的杏花

# 千百次喊你名字

千百次喊你名字
只能在心里
默默念你一千次好

当你间隔时空
捞取空中月亮
那一颗稍纵即逝的星星
是我的眼睛

我愿坠落红尘
变成牵牛花
每当夜幕降临
仰头搜寻虚拟
心里喊你千遍万遍

倘若
你的名字铸成铁
在心里融化
一刹那升腾的紫烟
会不会是我遗落的潮红的心

# 木香花韵

五楼的房顶，盛开
一簇簇白色小花瓣
听说是熏香的小仙女
不小心打开了尘封的爱的潭口
于是有了暗香浮动……

远去的群山沉默不语
西边的晚霞绽放迷人的微笑
落幕的天空一刹那的瓦蓝
给浩渺的天空增添宁静
若隐若现的建筑物
包括巍峨的二桥仿佛沉睡在虚幻中去了

知道吗，姐妹的花衣
被熏染的五彩缤纷
唇角飞扬的笑定格在黄昏的楼顶
不忍摘一小瓣花骨朵
担心明年的盛期不受欢迎

醉了的心
沉在欢声笑语，推心置腹中
碧潭飘雪沉沉浮浮
使伊人大开诵经的闸门

一抹眼帘风景
让诗情伴随画意涌动
谁还会为今年的木香花
四月香韵，无动于衷

# 独享

除了
你给我
无尽的愁肠

我还能独享
你
什么了!

# 白牡丹

虽未披戴姹紫嫣红的盛装
一袭白衣，却能挑开
国色天香

你似水莲般，拨转
千万思绪的愁肠
一波晶莹透亮
又会辄止谁的浅尝
让一颗思念的心，回味悠长？
……
是谁用幽邃的眼眸
揉碎月光
让清浅的时光
在一波多情的湖水中荡漾

你虽不散发迷人的芳香
却用你特有的品性
医治疾病和心灵的创伤，演绎
亘古的爱情

一场四月里，邂逅的艳遇
何时可以，燃烧四射的激情
为爱，谱写新的篇章

# 四月花开

最早是梅花的傲寒
来不及把她的孤傲沉淀在水中
你，红黄绿白
就赶趟儿盛开

杏花赶早，把银白洒落凡尘
梨花带雨，坠落了谁的发梢
桃花像彤云，一刹那晕染了谁的初心
使她摇摇欲坠，像贵妃醉酒

你看
百花齐放，游人如织
是谁把诱人的芳香弥撒人间
手拿柳丝条，搅乱了思念的春水
是谁把倩影留眸在心间
指尖滑谁心灵的脆弱点
又是谁让谁坐卧不安，半夜
描眉划线，去赴一场春天的盛宴

只有，四月的花粉做引线
试想没有绣球
哪有招蜂引蝶

## 最初

你陷进沼池里
不要连雾岚都吞进嘴里
你咬嘬的不是初心
是血淋淋的变味的猜疑

在这个繁花似锦的
四月
唤不回一颗绝望
冰冷的心

一棵希望的树
无果，却盛开
在干燥的沙漠里

# 长大了

你长大了
可以用清澈的眼睛看世界

你长大了
把过往留不住的云烟
弥散的如行云流水般潇洒

你长大了
知道用匆匆步伐追赶不落的太阳

你知道一切来之不易，而又难以忘怀
包括微笑、惦念、恩情、亲情、友谊……

所以你笑得如此灿烂……

## 五月，打磨成一朵花

所有的眼眸，都在五月回首
飞鱼在天空聆听
鲸走上喧嚣的街头

绿草轻轻地放下步伐
笑脸绽开美丽的花
如放飞一生的希冀
春天的芭蕾，在风中舞步

人生，走过无数春秋
硕果累累的丰收
煽动鼻翼的翅膀
微微吐出
五彩缤纷的气泡

人在哪里，心在哪里
一些事情
总是放下又被提起
一些人模糊又清晰
时光渐渐远去
口里嚼着的青草
散发苦涩而又清新的味道

每当闲暇时期
会不会对着夜空
喃喃自语，感恩许多人，许多事
给了一个鲜活的自己

那个遥远的山村
牧童唱着山歌
响亮而辽阔

# 一棵花树

寻寻觅觅，恍惚间
我误入了一座宫殿

那里鸟语花香，仙气倾巢
尤其，心灵被托上天空

梦呓里，我变成一棵开花的树
只看见笑颜，坚毅，虔诚、平静
看不见哭泣、颓废、打假、狂笑

关键，那里有我放肆的笑

这棵树已走进千年玫瑰的魂里
陶冶了它不羁的灵魂

所以，你摒弃也好
摇头晃脑也罢
只要到了一定时间，就静静地
一树花开

谁是它心灵的依托
唯有在暗夜里放飞一路篝火

每到想你的夜里
花为媒，绿为暗夜开道
风送上遥远的呼唤，于是
不枉了此生的期盼

谁是它前进的路人
唯有尖利的风带有呼啸

什么也不用说
每到晚上我就做梦
静静地等待
一年一次的一树花开
2017.6.10

# 怀念天堂的父亲

（父亲节，献给父亲）

四月，虽然是芳菲地、锦绣城
却仿佛是硝烟弥漫的战场
呛得我泪水涟涟
啊，四月的硝烟

四月，看得见小草发芽、繁花吐蕊
樱花烂漫，甚至百花齐放
却看不见父亲及一些几年、几十年
寻不见的踪影，映亮眼眸

坟头的小草枯枝仿佛认识我似的
每年的这一天这一刻频频打招呼
却看不见、寻不到那个亲切的身影
慈祥的笑容，我心伤无限啊
只好用纸钱，烟炮
声声
唤回父亲回家的路

如果可以，在古寺墓旁铸一瞭望台
可以看得见千年玄冰，刀光剑影
不信看不见父亲深凝的眼睛

再次聆听父亲絮絮的话语
及轻抚肩头的眷顾
如果可以，在荒郊野岭宿上一宿
也梦穿越一回，仿古玄女给父亲牵马
相信他们也能轮回转世，正在
快马加鞭，是否走出前朝的古墓？

梦醒，心殇依旧
风起天阑，心儿旋转，生生地疼
远去的白鸽仍哀哀嘶鸣
那梦牵魂绕、心痛的滋味
如放飞的流火随纸钱
葱茏了岁月，正像这麦苗青青

这是父亲希望的流火，每年的流火
染红了四月天，尽管思念依旧
再也望不见父亲的身影
再也忘不了、望不见……

# 敬畏之心

天庭饱满，双眼焕发神采
你用睿智的眼睛看世界

从不见你张扬，没有哈哈大笑
从没见你盛气凌人
你稳重得如泰山下的一棵松
黄山顶上一块岩
你的心胸能装下大海、河流乃至山岳

你的《温柔一刀》并不温柔
把社会现象剖析得淋漓尽致
你的《十年》，穿透多少人的心灵
你把社会根基挖得那么深
你的好功底，影响到我们
书读百遍，深究其底
亳州文艺之风被你渲染得
轰轰烈烈，新秀如雨后春笋一般

你的评语本身就是一篇
绝好的散文
看似娓娓道来
实际是一把刀，披向灵魂的刀
把我们解析得透明，而你却沉静地眯着眼睛

你把风把月把人都看得那么轻淡
只有你才能把握住驼铃不左右摇摆
人性不那么残忍或太过缠绵

风来了，雨来了，山石崩裂
只见你大手一挥
淡定自若
威严得如一尊神，让我们深深敬畏

# 冬

在萧瑟中挺直身子
望着一排排亮灯的房子
哪一间是寻找的最后温暖
坚信残冰下走出的是坚实的脚步
寒冷外
又是一个春天

你看，白露为霜
酝酿的果实
已在额头开花

# 骤雨

涡南涡北，似乎是两重天
刚刚燥热难耐
顷刻大雨倾盆

刮雨器俗不可耐
摇动久不扇动的翅膀
对面，箭一样飞翔的汽车
不得不像老蜗牛一样挪动
睁大眼睛，依然看不清
对面的你或是对面的景

想起无常的人生
一切皆有可能又不可能
就像这骤雨，像摇开的窗
你不想挤进
偏让其冲刷我的心灵
2017. 6. 26

# 渴望平静的生活

想想就安静
独居一室
安静得听不见自己沸腾的心的跳动

再也不用歇斯底里
再也不需用刀划破皮肤
让殷红的血吸引别人的目光

我们已走进经年
平静地用枝杈筑起爱的堡垒
风雨摇摆一切拾趣
却用余光弥散不舍的风景

以往
三十只手妄想摁住躁动的心
今日
用一抹浅笑，对待
癫狂的人生

# 诗林谱曲

## 从弱水到山巅，精神和诗意的双重跨越（史秀杰）

在中国的诗歌领域，安徽是一个让人不敢忽视的诗歌大省。海子、梁小斌、沈天鸿、陈先发、杨健、余怒，都是当代诗坛重量级诗人。而地处皖北的涡阳，则是诗歌大省中的诗歌大县。响亮的诗人则有刘士光、蒋维扬、刘剑、谭飙、张小山、高家村、牧野、于俊杰、赵亚光、张凤鸾、苗超群、郭义军、王化猛、张纯洁、梁云天、孙林、郑懿、李雪云、史秀杰、段伟、赵四海等，其中刘剑的《海鸥之死》，张小山的《星座》，谭飚的《整个下午》，牧野的《老子》，这些诗歌文本的存在，彰显了涡阳诗人的诗歌创作力量和非凡的成就。

进入新世纪以来，涡阳的诗歌写作渐渐地弱了下来，一是早期活跃的中年诗人已经停笔，二是新生的诗人因实力不足，没有在诗坛确立位置。因此，新世纪走过的第一个十年是涡阳诗歌断层期。而近年来，涡阳的诗歌又出现了一种可喜的局面。中年诗人刘剑、谭飙重返诗坛，其中刘剑作为新归来派的代表人物出现，推出了新诗集《微蓝》《短歌行》《海石花》《守望》等，其作品得到诗坛的认可；诗人、诗歌评论家臧棣对刘剑的诗歌给予高度的评价。中年诗人牧野着手于诗歌理论文章的创作，其策划的诗歌活动影响广泛。涡阳诗人李芳、张保真等近年来创作颇丰，写下不少优秀的诗歌作品，其中李芳在2016年推出《弱水千尺》之后，现又推出新的有分量的诗集《山巅》。单从这几位诗人身上，就能让我们又看到涡阳诗歌复燃的希望。

李芳是近年来活跃于皖北的一名女性诗人，2014 年开始写诗，短短的几年里写出了 2 部诗集，速度惊人，创作精神可贵。女性诗歌的写作多以情感为主。李芳也不例外，在上一部诗集《弱水千尺》里，就可以读到李芳许多情感类的诗歌。用李芳自己的话说，有些经历就是诗。那个朦胧的中学时代，那个爱做梦的年龄给了她多彩多姿的想象，一页页日记记录了那个年龄的秘密，多年以后，这些秘密终于转化成诗。似水的柔情浸湿了纸张，执着的爱在缠绵的文字中流淌出来。如：不爱，对不起风花雪月/爱了捧不起易碎的酒杯/柳絮飞走了/带走长长的思念/你飞来又飞去/我掐灭了焰火/……/（《爱了就会老去》）。

诗存之于内心，是一种生存和生活的方式。而对于李芳则是一种深刻的生命体验。李芳的诗歌不是一种对日常经验的关注，而是一种纯粹的生命体验，这种体验也造就了她独特的抒情风格。如：偶遇是不期而至的/来路总有造化/那是一种怎样彻骨的妩媚/亮瞎了冬日的双眼……/（《雾凇》）。

提到李芳的名字，内心就有一种温暖的感觉，这种感觉是李芳的诗歌所带来的，是她文字的气息中所散发出来的一种能量。在涡阳的诗歌界，她是一个美好和明亮的代名词，即使不认识她的人，也常常被她温情博爱的光亮所惠顾。李芳是一名一线临床科室的护士长，她帮人无数，这种工作性质要求她必须耐心细致；在诗歌写作上，她对文字的要求也是如此，于细微处见光亮，那些被我们忽略的细小事物，在幽暗处发光和闪亮，那是李芳捕捉到的美，而一切则源于内心深处的爱。如：你响亮的名字/不枉白衣天使的称呼/你用实际的举动/布施提灯女神的善行……/（《护士》）。

忧郁是一种沉潜于生命的深情，是生命的有限与无限之间的矛盾无从开解时常见的情愫。李芳的诗中有一种忧郁的气质和静美，这种忧郁表现在其对事物的关爱上，有着悲天怜人的基调，这种忧郁所呈现出来的美和污浊的俗世拉开了距离。如：无论你怎样劝说/我坚守我是白净的黎明/绝不随你踏尘而去……/我用沉积千年的仙气/涤荡来源于各种横来污浊/让灵魂洗礼，虔诚作陪/让生命赋予生命顽石/那种石头缝里开出的花/娇艳欲滴/（《我是一条鱼》）。

李芳的诗观，体现在我和一切都有距离。这距离就是诗，或者说是需要诗意来充填。在诗歌里永远有一个未知的世界，未知的世界里才会有深邃与幽秘，才会有陌生之景不断地吸引着我们去探秘，随处都会有发现和感动。如：想起无常的人生/一切皆有可能又不可能/就像这骤雨，像摇开的窗/你不想挤进/偏让其冲刷我的心灵……/（《骤雨》）。

在诗歌写作的风格上，李芳崇尚一种唯美式的写作。她认为诗歌必须是美的，诗歌缺少了美，也就缺少了诗意。这种认识也表明了她的创作立场，为当代诗歌的精神向度带来丰富多样的美学面目。而对于崇尚低诗歌的诗人而言，这无疑又是另一种立场。

李芳有着良好的诗歌直觉，这几乎是一个人天性里的东西，如：身处凛冽的风中/那些花儿/依旧卑微地活着/用大山的精血/绽放一个个春天/（《石花》）。

文字在这里是如此得轻松自然，一种天然自足的诗意，让我们惊讶于她的发现，随风潜入，浸润无声。

李芳的诗歌创作从《弱水千尺》到《山巅》，其完成的是一次心灵的飞跃。从水到山，从浅吟低唱到山巅高歌，乐山乐水，这种心灵空间的转换，更是其精神和诗意的双重跨越。

衷心地祝愿李芳在诗歌创作的道路上走得更远。

## 生命中，有夫君，有儿女，有诗和远方（于雪景）

那一天，在那一年的六月中。

李芳妹妹约我，要送一本她新出的诗集。此前，我没见过李芳，只是在微信上寒暄；见过照片，知道她在我们县医院当护士长，知道她写诗。也许是有缘吧，喜欢安静而不喜欢让太多的人进入我生命旅程的自己，和李芳约在文化广场。彼时，她把一本自己的诗集递给我，只见淡蓝色的封面上，闪烁几个俊朗的字——弱水千尺。

我把书接在手中，抱在胸前。

李芳说，姐，这里面的诗，有我的爱情，我的初恋，字字句句中，浸透着妹妹的泪水。我看着她的眼睛，虽然无泪，但我能深切感受到她在控制自己的情绪。我有点揪心，把那本诗集又紧紧地抱了抱说，姐会用心用情去感悟你的每一首诗！

随后的日子里，我开始读《弱水千尺》，认认真真地读。很遗憾，我不能理解。一向写散文的我，提笔锦锈铺，行文落花飞。走不进李芳的文字中。有一次姐妹小聚，我问，李芳，你的文字，为什么起伏跌宕，什么样的伤害，让你的伤口还在流血？她没有直接回答我的问题。那天，我们都不停地喝酒；那天，我分明看见李芳落泪了。

流泪中，李芳告诉我她的初恋，她的等待，她的纠结，她的不舍。那一个十五六岁的少女，驾驭不了那种情感。当一切花在开，当一切叶在长的时候，整个春天都在风雨中；在风雨中，花还开，叶还在长。当花儿用全部的力量开放的时候，风雨打落了花瓣，注定了那无果的青春。

李芳说，我要写出来，把那种等待的青涩，那种不舍的柔情，那种纠结一个双面之刃，伤着我的心，伤着我的情全部写出来。只有写出来，我才能走出来，走出过去和往事。来，干杯！

忘不了那一天，三、五闺蜜，青瓷小盏，一棚木香花开得如雪，我们都喝酒了，听李芳哭着讲，我们也不劝，跟着哭，一起哭……

从那以后，我的心中驻留了一个涡阳女诗人，叫名李芳。

平日里，我写文字特别慢，一篇文章有时要构思很长时间。李芳则与我恰恰相反，很短的时间内她会抓住瞬间的灵感，提笔成诗。最近，李芳告诉我，准备出第二本诗集，诗集的名还没有想好。那一天，将近子夜，收到李芳微信，说书名订好了——《山巅》！真应了那句话，不疯魔，不成活！李芳写诗如醉如痴了！

没过多久，《山巅》电子版发给了我。我读！……一个不一样的李芳开始映入我的眼帘，字里行间，几分淡然和优雅，几分从容和稳重。“旧的毕竟是旧的/抛却在墙角/无人问津//假如清新剂无从光顾/不如把它请出室外/让太阳晒晒它吧/让鲜花渲染/让小溪潺潺”（《 不要旧时光》）。

《山巅》，我读！这里，我分明读出了一个破茧而出、抽身化蝶的李芳。

“睡梦中佛轻抚额头/惯常的岂止是一份这样的力量/虽无风却心荡涟漪/虽无雪却让洁白为心穿上衣裳/你虽无声/却像摇旗呐喊”（《 拥抱的岂止是力量》）。

《山巅》，我读！我读出一个经过浴火洗礼、涅槃奋飞的李芳。

这时的她，不再擦着伤口自艾自怜。她把伤口愈合，把那疤痕抚平，并扬起笑脸，展开双臂，让山风划过指尖，感受风的温度；让云掠过眼眸，欣赏云的变幻。我知道，她已将自己立于山巅，让初升的朝阳把她的素衣染成金黄！

李芳说：她的生命中，有夫君，夫君怜爱有加；有儿女，儿女成才乖巧。李芳说，她的生命中，还有诗，也有远方！

我轻轻地说，姐懂，姐知道！

## 李芳诗集《山巅》读后（温时锋）

李芳新作《山巅》付梓，要余说几句。余辞曰：我素籍寂无名，难有赫咺之效。且涡阳名流长如过江之鲫，君何舍美玉而求顽石耶哉？先生要之再，后云：唯吾知温兄道德学问，诚能实话实说、或隐或彰，又何以为意乎？遂用命，唯君子察而鉴焉。

子曰：君子疾没世而名不称焉。余与李芳皆为“知天命”之年矣。终将一抔黄土而没世，今能几简述著以醒人？余无之焉，无心力也，无水准也。纵有此心，犹恐流毒天下，非能称其虚名，却招其实骂也。

唯李芳嘱序于余，是诚实人也。

李芳前有《弱水千尺》面世，为涡阳诗人合掌交口，欢喜赞叹。今更铿锵有声，令人瑟僩瞠目者，是《山巅》也。其《山巅》者，顺其自然也，唯世俗之苦累烦扰，聊以解而泄之，其诗中遂有顽石开花，雾凇横栈，丹霞展颜也。

自然之物历千年而一如是，唯观之者思想、心态之迥异而姿容各呈耳！李芳之异想天开，或浪漫或天真或神奇，是诸理想主义交融而见之也；而终归之恬淡中庸者，是极尽高明之后也。《礼记》云：“极高明而道中庸。”《山巅》语诸君云：诚哉斯言也。读此诗集当手之舞之，足之蹈之。

盖李芳与其《山巅》者，是快哉人也。

老子曰：“常德不离，复归于婴儿。”李芳以赤子之心看万事万物，以现代之诗歌述之，一切皆美仑美奂。于是涤除玄览，生活生命中的所有不虞不顺鸡零狗碎，尽是天蓝月白，风清云淡。

彼李芳与其《山巅》者，是天才儿童也。

李芳之诗集，或有稚嫩处，或有未圆润处。其心思意念或有可磋商处，或有待臻熟处，唯其努力之精神、唯其唯美之思想，如璞瑜玩愈勤而尤温润，似新醅时历久而弥芳香。

丁酉夏日于无喧斋中

## 你就是扶不住的春色（葛亚夫）

似乎有个规律，作为诗人，尤其是女诗人，首先要打湿自己。哪是写诗啊！字里行间都是血泪，分明就是照撕裂里玩自己的节奏！李芳不，那些琐碎的生活，经她用心窖藏，信手一挥，就有了微醺的诗意。李芳的诗有度数，初入喉，有些泼辣，再细品，又意味悠长。

这本《山巅》，有些“会当凌绝顶，一览众山小”的味道，也有些“别人笑我太疯癫，我笑他人看不穿”的感觉。虽说诗集性甘、味苦、有微毒，但还不至于让我疯癫，打诳语。感“情”用事的话，这样的评价《山巅》绝对支撑得起。吴融在《情》中写道：“依依脉脉两如何，细似轻丝渺似波。月不长圆花易落，一生惆怅为伊多。”作者的情和用情，都是诗歌。

世俗之中，皆性情中人。白居易说，人生有情感，遇物牵所思。此“物”诚可谓物华天宝、地杰人灵。“从一个句号开始/摁住命运的咽喉/不让情思倾诉/不让河流呜咽/不让一丝蛛丝马迹遗留。”有些话说了，等于没说；有些话没说，却已说了。有些许道家老子的味道。作者这句似说非说的诗，也深得老子精髓。只不过老子说的是道，作者说的是情感的标点符号。

情感是一种特殊的主观意识，必定对应着某种特殊的客观存在，问题的关键在于，能否找到这种特殊的客观存在。作者找到了，并在生活里把他孵化，一把把拉扯成一行行诗。

阳光安好，“我们的最美时光/不一定是一个时间段/在最美的年龄遇见你/那是初见”，“一见你的笑/就失去了自我”。情窦初开，“看风写的涟漪，穿上莲衣/在湖中摇曳/愿望如水，在水波里荡漾”，“千百次喊你的名字/只能在心里/默默念你一千次好”。时光漫长，“最美的时光遇见你/是上天的赐予/料峭的寒风丢了你/又是谁掌管无缘的棋子”。

作者的诗却是有故事的诗。有些不讲理了，反正我读到了朴树的《清白之年》之旋律。

“此生多寒凉，此身越重洋。轻描时光漫长，低唱语焉不详。大风吹来了，我们随风飘荡，在风尘中熄灭的清澈目光。”作者也在诗里回头望，并把故事重头讲，但说得更加潇洒、成熟而决绝——“即使黑暗的时刻到来/仍像行走在光明的路上/不需要你一一点缀”。

多么痛的感悟啊！但说得太帅，就奔着情绪去了。不过感情上的事，谁没个情绪呢？

“这一番出游/竟然/找不见回家的路”。韩偓也说过：光阴负我难相偶，情绪牵人不自由。可见，情绪是一种心理反应，你表面越心如止水，内心越汹涌澎湃。“一切皆是虚无/谁情愿柔若无骨”？人愿，情也不愿，否则也没怨了。“坟墓里刻上你的名字/或得与或失/你都会在这里/这是你的归宿”。这怨气，爱之深、恨之切，恐怖指数都直逼《午夜凶铃》了。

满眼秋烟，阒寂以思，情绪留连。连在一起，就成了雾非雾似的无意识情结了。

某个闲暇，某个机缘，那个故事迅速发芽，攀爬，枝繁叶茂地把一个人裹得密不透风：

“你来到面前/我心不设防”，“心的窒息找到了家/花的灵魂不再流浪/你的微笑，就像/洒下满路的阳光”。“你是否/闻香下马，诉完衷肠/再把那鸿鹄之志立下”，“我和你，隔着千山，横着万里/只是，前世回眸一笑”，“爱了就会老去/不会传达先前的讯息”。

人非草木，情殇没有年轮盛放，情思没有枝叶邮寄，只能以遗忘的方式，记得。

“不爱，对不起风花雪月/爱了，捧不起欲碎的酒杯”。爱，还是不爱，这构不成一个问题。“爱了就会老去/你真的是凡夫俗子”。不老不死，生亦何欢？“好吧/我从你身边走过，让我继续走进你的来年”。人总要学会长大，爱也是，成长的过程就是其全部意义。

人与人之间，“只有一条捷径/那就是心与心的距离”。所以，不必一定要搭上爱的栈道，隔着岸看，也别有风光。“你看，白露为霜/酝酿的果实/已在额头开花”，“什么都没有了/并不可怕/我们在四季的末端/听空灵的声音/传来”。最深的情，是情怀，不是爱情。

与生活握手言和，与爱情谈笑风生，时光没有一秒虚度。“以往/三十只手妄想摁住躁动的心/今日/用一抹浅笑，对待/癫狂的人生。”笑下是夭，作者也在诗歌里桃之夭夭——什么也不用说/每到晚上我就做梦/静静地等待/一年一次的一树花开。

无论《弱水千尺》，还是《山巅》，李芳的诗歌都脉络清晰，烙印着心灵的族谱和情感的皈依。可见，李芳是个心中有山水的诗人，眼底有风花的女子，笔下有烟火的歌者。翻开诗集，文字里，烟波起，一棹青山一棹年。看花花开，看云云起，你就是扶不住的春色。